A GÊNESE DA
IDEIA DE TEMPO
e outros escritos

JEAN-MARIE GUYAU

A GÊNESE DA IDEIA DE TEMPO
e outros escritos

Edição original:
La genèse de l'idée de temps
(Paris, Félix Alcan, Éditeur, 1890)

Tradução, organização e notas
Regina Schöpke
Mauro Baladi

martins
Martins Fontes

© 2010 Martins Editora Livraria Ltda., São Paulo, para a presente edição.
A gênese da ideia de tempo e outros escritos, Jean-Marie Guyau.
Esta obra foi originalmente publicada sob o título *La genèse de l'idée de temps*.

Publisher *Evandro Mendonça Martins Fontes*
Produção editorial *Luciane Helena Gomide*
Produção gráfica *Sidnei Simonelli*
Projeto gráfico *Renata Miyabe Ueda*
Preparação *Denise R. Camargo*
Revisão *Ana Luiza Couto*
Carolina Hidalgo Castelani
Dinarte Zorzanelli da Silva

1ª edição *2010*
Impressão *Corprint*

Dados Internacionais de Catalogação na Publicação (CIP)
(Câmara Brasileira do Livro, SP, Brasil)

Guyau, Jean-Marie, 1854-1888.
A gênese da ideia de tempo e outros escritos / Jean-Marie Guyau ; tradução, organização e notas Regina Schöpke, Mauro Baladi. – São Paulo : Martins Martins Fontes, 2010. – (Coleção Tópicos Martins)

Título original: La genèse de l'idée de temps.
ISBN 978-85-61635-66-4

1. Filósofos – França – Século 19 2. Guyau, Jean-Marie, 1854-1888 3. Tempo I. Schöpke, Regina. II. Baladi, Mauro. III. Título. IV. Série.

10-04184 CDD-100.1

Índices para catálogo sistemático:
1. Tempo : Filosofia 100.1

Todos os direitos desta edição para o Brasil reservados à
Martins Editora Livraria Ltda.
Rua Prof. Laerte Ramos de Carvalho, 163
01325-030 São Paulo SP Brasil
Tel. (11) 3116.0000 Fax (11) 3115.1072
info@martinseditora.com.br
www.martinseditora.com.br

Sumário

GUYAU E O TEMPO QUE NÃO PASSA.................... 7

NOTA BIOGRÁFICA SOBRE GUYAU..................... 15

INTRODUÇÃO, por Alfred Fouillée
A teoria experimental do tempo e a teoria kantiana.......... 23

PREFÁCIO DO AUTOR................................ 45

CAPÍTULO 1
Período de confusão primitiva........................... 47

CAPÍTULO 2
Forma passiva do tempo; sua gênese. – Parte das noções de diferença, de semelhança, de pluralidade, de grau e de ordem..... 57

CAPÍTULO 3
Fundo ativo da noção de tempo; sua gênese. – Parte da vontade, da intenção e da atividade motora. – Presente, futuro e passado. – O espaço como meio de representação do tempo............ 67

CAPÍTULO 4
O tempo e a memória, a lembrança e o fonógrafo. – O espaço como meio de representação do tempo.................... 85

CAPÍTULO 5
   As ilusões do tempo normais e patológicas 113

CONCLUSÃO 141

APÊNDICES

APÊNDICE 1 – A poesia do tempo 145

APÊNDICE 2 – O tempo 157
   I. O passado 157
   II. O futuro 160

APÊNDICE 3 – Da origem das religiões 163

APÊNDICE 4 – As hipóteses sobre a imortalidade na filosofia da evolução 209

APÊNDICE 5 – Análise dos dois primeiros livros do *De finibus* .. 255
   Preâmbulo 255
   I. Exposição e crítica provisórias do sistema de Epicuro 257
   II. Exposição e apologia da moral de Epicuro 260
   III. Crítica da moral epicurista 271
   Conclusão 285

Guyau e o tempo que não passa

Regina Schöpke

Assim como o artista não ultrapassa sua obra (ao contrário, é ela que permanece viva e justifica o seu autor), também no caso do filósofo é seu pensamento que alça voo e se imortaliza (desde que escrito com sangue, como já dizia Nietzsche). Afinal, o tempo leva tudo o que é fugaz, mas não consegue destruir facilmente o que foi criado com paixão e verdade, ou simplesmente com a potência digna de um herói homérico – que sabe que a única maneira de se tornar imortal é através de seus grandes feitos, porque são eles que ecoarão por toda a eternidade. No caso da filosofia, é a obra que justifica e garante a "vida" para além da morte.

De fato, nada é mais triste do que uma bela obra cair no esquecimento, nesse "vago sótão da memória", como dizia Jorge Luis Borges. O esquecimento é mesmo uma espécie de morte: eis por que Aquiles queria ser lembrado e preferiu a vida breve nos campos de batalha à vida longa de um homem comum. Delírios de grandeza ou simplesmente paixão por uma eternidade que se conquista ainda com o corpo, com a busca de uma perfeição que faz um homem querer ir mais longe do que os outros mortais: isto é arte e também é filosofia, ambas filhas (e, portanto, irmãs) de uma mesma ânsia de vida e de sobrevivência para além de si mesmo.

Sim... a arte e a filosofia também têm seus heróis e aqui nos deparamos com um deles, o filósofo e poeta francês Jean-Marie Guyau, cuja vida breve e inteiramente dedicada ao pensamento lhe rendeu uma justa imortalidade – ainda que, por algum tempo, sua obra tenha sido esquecida por uma história da filosofia que condena (ou, ao menos, tenta condenar) ao mundo das sombras todos aqueles que contrariam a sua tendência dominante. Como diz Nietzsche, a história da filosofia é a história vitoriosa da metafísica socrático-platônica e de suas inúmeras variações e notas de pé de página. Exagero ou não, a verdade é que muitos filósofos ficaram (e continuam) à margem desta história, e são eles que transitam, como nômades que são, pelos caminhos mais perigosos. São eles que, de fato, se embrenham, sem medo, nos labirintos da vida, porque sabem que a vida só premia os que têm coragem suficiente para ir fundo nela.

Pois bem, para lá de qualquer aspecto metafísico que exista na ideia de eternidade, é preciso que fique claro que toda criação depende do corpo, e Guyau sabia disso, pois era, como Nietzsche, um filósofo apaixonado pela vida, um defensor incorruptível da existência. Certamente, foi essa paixão profunda pela vida que levou Guyau a problematizar o tempo, como veremos aqui. Ele, que viveu apenas 33 anos (de 1854 a 1888) e deixou obras de tão grande valor – trazendo reflexões originais no domínio da moral, do direito, da arte e até mesmo da ecologia –, não poderia deixar de pensar o tempo, que é, simultaneamente, um amigo e um algoz de todo o vivo. Sua obra *A gênese da ideia de tempo*, publicada postumamente, contou com a colaboração de Bergson para ser editada e, sem dúvida, exerceu uma influência positiva sobre o pensador da "energia espiritual" e da "evolução criadora".

Seja como for, este filósofo e poeta, tão admirado por Nietzsche, Bergson e Tolstói, produziu uma abordagem sobre o tempo profundamente original no que tange à beleza, à profundidade e à concepção do próprio tempo, cuja existência sempre nos pareceu um fato inquestionável. Afinal, ele sempre nos foi apresentado como algo dado, como uma referência absoluta em nossa vida, embora ninguém tenha dele qualquer representação sensível (afinal, não podemos ver ou tocar o tempo, não é possível senti-lo concretamente). O que temos são apenas sinais que julgamos ser a prova de sua passagem: o movimento contínuo do mundo, o envelhecimento de todas as coisas etc. Do tempo mesmo nada sabemos e sequer somos capazes de dizer o que ele é, defini--lo com precisão, como já dizia sabiamente Santo Agostinho em sua célebre frase: "Se ninguém me perguntar, eu sei; se eu quiser explicá-lo para quem me fizer a pergunta, já não sei".

De fato, para Guyau, tanto quanto para Agostinho, essa sensação é legítima pela própria natureza do tempo, que é mais psicológica do que propriamente ontológica – ou, em outras palavras, é mais humana do que exatamente física, real. Sim... este é um ponto ousado do pensamento de Guyau. Para ele, o temível Cronos não existe como ser, sendo, na verdade, bem mais uma ideia que se formou em nós a partir do contato com o mundo e com as coisas. De fato, essa já era a posição do próprio Agostinho, que negava a existência do tempo físico; mas, em Guyau, a questão segue por caminhos bem distintos, mesmo porque estamos diante de um pensador da mais pura imanência.

Sem dúvida, o tempo tem uma dimensão "demasiado humana" para Guyau, mas isso não quer dizer que se trate de uma ideia *a priori*, como em Kant (ou seja, que ela já exista em nós previamente, antes de qualquer contato com o mundo). Também não é uma sensação psicológica, pura e simplesmente. Trata-se, ao contrário, de uma ideia muito bem elaborada, fundadora da própria condição humana. Digamos que o tempo é o que melhor nos define como seres humanos, pois, sem essa ideia norteadora, o homem não poderia projetar o porvir nem olhar para trás, para o que viveu. Digamos ainda mais: o espaço é, para Guyau, uma ideia mais originária, mais primitiva, enquanto a ideia do tempo dependeria de uma sofisticação maior em termos do funcionamento afetivo e cerebral.

É claro que isso será melhor compreendido com a leitura do texto de Guyau, porque ninguém melhor do que o próprio filósofo para explicar sua intuição. Mas, sem adiantarmos demais as coisas, diríamos que, antes de chegar à conclusão de que o tempo é uma ideia que se forma no espírito, Guyau foi em busca do tempo no próprio mundo, embora, segundo ele, nada tenha encontrado além do devir, ou seja, do movimento perpétuo de todas as coisas. Foi então que ele resolveu espreitá-lo dentro de si mesmo, "desfiando" esse verdadeiro tecido que é a alma – toda ela feita de vestígios do mundo, rastros, lembranças, impressões, sonhos e aspirações...

Sim... a alma é um tecido sutil que conserva nossas impressões e nossas lembranças. É o que unifica o homem enquanto ser. A alma, que também é a consciência, e também é a memória do corpo (ou, simplesmente, uma outra maneira de designar o que diz respeito à matéria sutil do pensamento), é aquela que vai tecendo, ligando, costurando nossas vivências, nossas percepções e sensações, como uma artesã que produz uma bela colcha a partir de uma infinidade de retalhos.

Na verdade, estamos falando na produção de uma espécie de "linha reta" que leva exatamente à questão da duração interna de nosso ser. Durar é traçar uma linha no interior do caos de nossas sensações, percepções, volições, sentimentos e lembranças; é produzir uma direção, colocando em sucessão o que aparece quase sempre concomitantemente. Esse sentido de duração como consciência e memória, mas também como fenômeno criativo e criador, aparecerá também em Bergson, embora tenha surgido primeiramente em Guyau. No fundo, só existe mesmo o presente da existência. Ou seja, não é o tempo que passa. São as coisas que passam no devir infinito do mundo.

É claro que falar do tempo é fundamental para Guyau, ainda que ele mesmo diga que é essa ideia que produz em nós o pesar ("Sentindo-se durar, o homem sente-se morrer", diz Guyau em seu belo poema sobre o tempo, que também integra esta seleção). Afinal, o tempo é a ideia que descortina melhor o *modus operandi* humano, ou seja, mostra a forma como o nosso espírito funciona, como representamos as coisas, como conhecemos o mundo e como o retemos e o reelaboramos a partir de nossa psique.

De fato, o mundo será recriado em nosso espírito; algumas imagens ficarão retidas como pontos de luz na escuridão, outras se perderão "como lágrimas na chuva". É verdade que os vestígios de nossas pegadas são apagados pelo vento... O que resta em nós é apenas a impressão mais ou menos vívida dos momentos que já não existem mais. A memória é feita disso. E, como diz Guyau, "com a memória formada, o eu está formado". Eis o que significa "durar", em um sentido propriamente psicológico.

E já que falamos no eu, o artigo "As hipóteses da imortalidade na filosofia da evolução", que se encontra entre os textos reunidos neste volume, traz a reflexão de Guyau sobre o desejo desesperado de imortalidade do homem. Neste escrito, Guyau busca pensar o que é a dissolução (e também a sobrevivência para lá da existência física) no interior de uma natureza que se alimenta da finitude para dar curso a própria vida – que sempre continua e em um certo sentido é mesmo eterna.

Sobre os demais textos que integram este volume, temos ainda o "Da origem das religiões", em que Guyau vai discutir a teoria de Max Müller, segundo a qual o desenvolvimento de todas as religiões se reduz à evolução de uma única e mesma ideia, a ideia de *infinito*, e a "Análise dos dois primeiros livros do *De finibus*", que traz as críticas de Cícero ao epicurismo. A partir dessas críticas, Guyau procura recompor o universo sutil de Epicuro, cujo hedonismo superior foi entendido de modo simplista como mera busca de prazeres mundanos. Voltando, por fim, ao tempo, que é o tema principal desta obra, deixemos o próprio Guyau falar da força libertária do futuro, que nos faz superar qualquer pesar do passado enquanto nos impulsiona a seguir sempre em frente: *Gosto de sentir sobre mim este eterno mistério / O futuro – e, sem medo, nele penetrar: / A felicidade mais doce é aquela que se espera.*

Nota biográfica sobre Guyau*

Alfred Fouillée

Jean-Marie Guyau nasceu em 28 de outubro de 1854, em Laval, onde ficou até os três anos de idade. Seu primeiro guia nos estudos foi sua mãe, autora (com o pseudônimo de G. Bruno) de obras educativas universalmente difundidas – notadamente, *Francinet*, premiada pela Academia francesa, *Le tour de la France par deux enfants* e *Les enfants de Marcel*. Em seguida, Jean-Marie Guyau fez seus estudos clássicos sob a minha orientação. Estávamos unidos por laços de parentesco: sua mãe, que era minha prima-irmã, tornou-se mais tarde minha esposa. Fui então, para Guyau, um segundo pai.

Desde a infância, ele mostrou um ardor e uma precocidade extraordinários. Ele tinha 15 anos quando estive a ponto de perder a visão, depois do excesso de trabalho ocasionado por meus dois estudos sucessivos sobre Platão e

---

* Extraída da introdução do livro *A moral, a arte e a religião segundo Guyau*, de Alfred Fouillée (Paris, Félix Alcan, edição de 1913). (N. T.)

sobre Sócrates. Fiquei, durante longos meses, condenado a não ler nada e a nada escrever. Foi então que o jovem Guyau me emprestou seus olhos, fez para mim pesquisas e leituras, escreveu o que eu lhe ditava e acrescentou ao meu trabalho as suas reflexões (e, às vezes, até as suas frases). Ele já platonizava com uma elevação de espírito e uma penetração incríveis para um adolescente. Assim, dediquei justamente à sua memória o meu livro sobre a filosofia de Platão.

Licenciado em letras aos 17 anos, ele logo se pôs a traduzir o *Manual* de Epicteto e fez preceder sua tradução de um estudo eloquente sobre a filosofia estoica. Aos dezenove anos, foi laureado pela Academia das Ciências Morais e Políticas, em um concurso excepcionalmente brilhante, por uma memória sobre a moral utilitária desde Epicuro até a escola inglesa contemporânea. No ano seguinte, ele foi encarregado de um curso de filosofia no liceu Condorcet.

Sua saúde abalada o forçou quase imediatamente a renunciar ao ensino. Ele passou, desde então, os invernos no sul: o primeiro ano em Pau e em Biarritz, os outros anos em Nice e Menton. Mas sua saúde enfraquecia impiedosamente. Em 1888, por ocasião do tremor de terra que assustou a costa do Mediterrâneo (mas que só produziu desastres sérios na Itália), Guyau foi obrigado a dormir por várias noites em uma casinha úmida, que então nos servia de abrigo. Ele pegou um resfriado que exerceu, sem dúvida, uma ação fatal sobre os seus rins e pulmões. Em todo caso, o mal logo se manifestou com violência, sob a forma de uma tuberculose aguda. Guyau faleceu aos 33 anos, em uma sexta-feira, no dia 31 de março de 1888.

Além da tradução do *Manual* de Epicteto e de diversas edições de obras clássicas – notadamente os *Opúsculos filosóficos* de Pascal –, Guyau publicou a *Moral de Epicuro e suas relações com as doutrinas contemporâneas*, cuja primeira edição foi impressa em 1878. Era a primeira parte da grande memória laureada pelo Instituto. A sequência foi publicada em 1879, com o título de *A moral inglesa contemporânea*; estudo muito aprofundado das doutrinas inglesas por um espírito que ainda não havia rompido inteiramente com a filosofia espiritualista tradicional. Depois vieram os *Versos de um filósofo*, cuja primeira edição foi impressa em 1881, e os *Problemas da estética contemporânea* (1884). Em 1885, foi publicada a obra ousada e original que devia marcar época na história das ideias contemporâneas: *Esboço de uma moral sem obrigação e nem sanção*. Esse livro suscitou a admiração de Nietzsche, que o anotou inteiramente com as suas próprias mãos. Nietzsche cobriu do mesmo modo de anotações marginais a segunda obra-prima de Guyau, *A irreligião do futuro*, publicada em 1887[1].

---

1. Sem desconfiarmos disso, Nietzsche, Guyau e eu passamos o inverno, no mesmo período, no litoral de Nice. O filósofo alemão conhecia os livros de Guyau e os meus; Guyau e eu não tivemos nenhum conhecimento do *Zaratustra*. Ver em nosso livro sobre *Nietzsche e o imoralismo* os capítulos dedicados à comparação entre Nietzsche e Guyau.

Três outras obras de Guyau estavam terminadas quando ele morreu. Eu tive apenas que dirigir a sua publicação. Eram elas: *A arte do ponto de vista sociológico* (da qual Tolstói parece ter tirado uma parte de suas ideias sobre a arte, embora ele mencione somente os *Problemas da estética contemporânea*), depois *Educação e hereditariedade*, obra que se tornou um clássico da pedagogia, e, por fim, *A gênese da ideia de tempo*.

Educador de primeira ordem, Guyau também publicou obras escolares muito apreciadas: *Primeiro ano de leitura corrente* (edição Armand Colin), *O ano preparatório*, *O ano infantil* etc.

Quase todas as suas obras filosóficas foram traduzidas para o inglês, o alemão (madame Swartz publicou-as), o espanhol e o polonês. Suas obras completas foram publicadas em russo. Os editores da Rússia, além disso, pediram autorização para difundir em seu país, em um número considerável de exemplares, o retrato de Guyau. Esse retrato permite imaginar, embora imperfeitamente, a fisionomia de uma nobreza e de uma doçura incomparáveis. Guyau era de estatura elevada, com traços regulares, abundantes cabelos negros muito encaracolados e olhos muito suaves de um azul intenso. Ele tinha um ar de reflexão contemplativa. Seu sorriso exprimia uma bondade e uma serenidade que nenhum sofrimento pôde perturbar.

Sua inteligência era de uma espantosa flexibilidade: ele se exercitava com gosto tanto nas matemáticas quanto na poesia ou na filosofia. Sua memória era excelente, tanto para os fatos quanto para as ideias, tanto para as formas e cenas da vida exterior quanto para as da vida interior. Era um homem "visual". Ele tinha, aliás, excelentes olhos, muito atentos a todas as belezas da natureza, com um gosto pronunciado pelas viagens, por todas essas visões da montanha e do mar que enchem suas poesias. Ele gostava e entendia de todas as artes, inclusive a música, e mostrou notáveis disposições para a composição musical. Do mesmo modo como, em seus *Versos de um filósofo*, ele havia, em vários pontos, antecipado as ousadias da versificação contemporânea (e reagido contra o verso demasiado plástico, em favor do verso musical), nas melodias que compôs – sobre poesias de Sully-Prudhomme, de Musset e de Hugo – ele havia pressentido a liberdade e a fluidez das formas novas. Era uma música totalmente psicológica e poética, de delineamento indeciso e cambiante. Em todas as coisas, Guyau mostra-se um iniciador, liberto dos preconceitos do passado, muito curioso do presente e tendo o melhor de sua alma voltado para o futuro.

Na obra de Guyau, o senso da arte e da poesia alia-se a um senso positivo muito desenvolvido. Se ele pensava muitas vezes por imagens, pensava também e antes de tudo psicologicamente. As primeiras formas de seu pensamento eram as formas ou, antes, as movediças direções da vida interior. As imagens de fora não vinham senão após os sentimentos de dentro. O próprio Aristóteles disse que não é possível pensar sem imagens. Como, portanto, interditar ao filósofo o emprego daquilo que os antigos chamavam de "as luzes dos pensamentos" (*lumina sententiarum*), quero dizer, as comparações que esclarecem a ideia restabelecendo nela a analogia essencial entre o exterior e o interior? Comparação é muitas vezes razão*. A esse respeito, diz Guyau, em seu estudo sobre a ideia de tempo**:

> O raciocínio por analogia tem uma importância considerável na ciência. Se a analogia é o princípio da indução, talvez ela seja também o fundamento de todas as ciências físicas e psicofísicas. Muitas vezes uma descoberta começou por uma metáfora. A luz do pensamento praticamente só pode projetar-se em uma nova direção e iluminar os cantos escuros com a condição de ser enviada para lá através de superfícies já luminosas. Não ficamos surpreendidos quando algo nos recorda alguma coisa totalmente diferente. Compreender é, ao menos em parte, lembrar-se. Para tentar compreender as faculdades, ou melhor, as funções psíquicas, tem-se feito uso de muitas comparações, de muitas metáforas. Aqui, com efeito, no estado ainda imperfeito da ciência, a metáfora é de uma necessidade absoluta: antes de saber, é preciso começar por imaginar.

---

* Havia, no original, um jogo de palavras – entre "*comparaison*" e "*raison*" – que não pôde ser conservado na tradução. (N. T.)
** Ver p. 49. (N. T.)

De resto, acrescentaremos: se o senso poético excluísse o senso filosófico, não teríamos tido um Platão – para não falar de Plotino ou de Schelling.

Poeta e filósofo, Guyau era ao mesmo tempo o contrário de um artista diletante e de um lógico escolástico. Tendo um horror pelo diletantismo, ainda em voga no seu tempo, em toda parte e em tudo ele buscou aquilo que chamava de "a seriedade da vida, do pensamento e da arte". Em toda parte ele combateu a "teoria do jogo", quer se tratasse do jogo estético ou do jogo intelectual. Era um meditativo, um homem interior, que tomava as ideias e os sentimentos na plenitude de seu valor vital e intelectual: tudo repercutia nele até o fundo do seu ser, em vez de ficar – como no amador e no diletante – na superfície.

Por vezes, a seriedade chegava a ser nele uma espécie de tristeza serena, resignada e mesmo sorridente. Falando da arte, ele diz: "Os altos prazeres são aqueles que quase fazem chorar". Com mais forte razão, as alegrias do pensamento filosófico estavam nele, como tudo aquilo que toca o sentimento do sublime, misturadas com alguma tristeza.

Introdução

A teoria experimental do tempo e a teoria kantiana
Alfred Fouillée

I

O estudo de Guyau sobre a gênese da ideia de tempo é uma importante modificação da teoria evolucionista. Ao contrário das opiniões geralmente admitidas na escola evolucionista, Guyau não faz a percepção da extensão depender da percepção da duração. Ele admite, quando não a prioridade da percepção da extensão, pelo menos a simultaneidade primitiva das duas representações. Eis aí um ponto sobre o qual seria inútil insistir. Os kantianos têm o hábito de opor a questão prévia à maior parte das investigações de gênese, quando elas dizem respeito às noções que eles pretendem *a priori* como leis necessárias da própria representação. Acreditamos, como Guyau – e contrariamente à opinião de Kant, e mesmo de Spencer –, que o tempo não é uma "forma necessária de toda a representação", nem *a priori*, nem *a posteriori*. Com efeito, pode-se muito bem conceber que um animal tenha representações sem nenhuma *representação* do tempo. Ele poderia ter afecções de prazer e dor unicamente *presentes*, ele poderia ter percepções espaciais unicamente presentes. Ele poderia figurar tudo sob a forma de extensão tangível ou visível sem a memória propriamente dita, vivendo em um presente contínuo sem passado e sem futuro. Se esse animal se chocar com um objeto e se ferir, a visão do objeto, reaparecendo, ressuscitará a imagem da dor, e o animal fugirá sem ter necessidade de conceber uma dor como *futura* nem a imagem atual da dor como *em sucessão* com relação à dor *passada*. Não somente seria possível suprimir no animal qualquer representação mesmo confusa da sucessão, para reduzi-la a coexistências de imagens espaciais (não julgadas, aliás, como coexistentes), mas seria ainda possível, em hipótese, suprimir a própria *sensação* do tempo, reduzir o animal a uma vida totalmente estática, não dinâmica, a um mecanismo de imagens atuais sem consciência da *passagem* de um estado para outro. Mergulhem-no a todo instante no rio Letes* ou suponham que, por uma interrupção do desenvolvimento cerebral ou por uma lesão cerebral, o animal se esqueça incessantemente, por conta própria, a cada instante: as imagens continuarão

---

* Um dos cinco rios dos infernos, na mitologia grega. Segundo a lenda, as almas dos mortos, ao beberem de suas águas, esqueciam-se do passado. (N. T.)

a surgir em sua cabeça. Haverá ligações cerebrais entre essas imagens e alguns movimentos pelo simples fato de que, em uma primeira vez, imagens e movimentos terão coincidido: o animal terá, portanto, a cada instante, um conjunto de representações e realizará um conjunto de movimentos determinados pelas conexões cerebrais. Tudo isso sem a representação da sucessão e sem a sensação da sucessão. Esse estado – tão hipotético quanto ele seja – deve assemelhar-se ao dos animais inferiores. É somente depois de uma evolução mais ou menos longa que o animal, por um aperfeiçoamento do organismo, projeta no tempo passado uma parte de suas representações. No início, ele deve sentir, imaginar, fruir, sofrer, reagir e mover-se somente projetando os objetos no espaço ou, mais simplesmente, com representações de forma confusamente espacial, porque a representação distinta do espaço é ainda um aperfeiçoamento bastante ulterior. Como, portanto, os kantianos poderiam afirmar que não é possível "*representar* uma representação sem a representação do tempo"?

Mesmo entre os homens, existem casos de doenças nas quais toda a noção do tempo parece ter desaparecido, em que o ser age pela visão maquinal das coisas no espaço, sem distinção entre o passado e o presente. Podemos fazer uma ideia disso, mesmo estando sadios: existem casos de absorção profunda em um pensamento ou em um sentimento, até mesmo de êxtase, quando o tempo desaparece da consciência. Não sentimos mais a sucessão de nossos estados; ficamos em cada instante inteiramente nesse mesmo instante, reduzidos à condição de *espíritos momentâneos*, sem comparação, sem lembrança, totalmente *perdidos* em nosso pensamento ou em nosso sentimento. Se nos fazem, de repente, sair dessa espécie de paralisia que afeta a representação da duração, somos incapazes de dizer se decorreu um minuto ou uma hora: saímos como de um sonho no qual, sobre nosso mundo interior destruído, o tempo teria dormido imóvel. A *representação* do tempo é, portanto, um luxo. Quanto à *consciência imediata* da passagem de um estado a um outro estado, ela poderia ser reduzida a tal ponto que a existência interna recomeçasse a cada momento e, isso, sem que um espectador de fora se apercebesse do fato. Seria uma série de clarões interiores, dos quais cada um existiria por si só: a consciência da continuidade teria desaparecido. Isso é, sem dúvida, apenas uma suposição, uma espécie de estado-limite: de fato, no estado *normal*, o ser animado sente-se passar de uma sensação a outra, e a representação da sucessão segue muito de perto as sucessões das representações. Mas ela as segue como seu efeito constante. Ela não as precede como sua causa, ela nem mesmo as condiciona. A verdadeira condição está em outra parte. Ela está na existência real da sucessão e do movimento fora de nós, e também em nosso cérebro. O quadro *a priori* do tempo é o nosso crânio.

II

Para desbastar, de algum modo, o terreno onde devem ser efetuadas as pesquisas de Guyau, analisemos a demonstração kantiana e veremos que ela tudo supõe sem nada demonstrar. "O tempo, diz Kant, não é um conceito empírico ou que derive de alguma experiência. Com efeito, a simultaneidade e a sucessão não cairiam, elas próprias, sob a nossa percepção se a representação do tempo não lhes servisse *a priori* de fundamento." Como pensamos, e como pensava Guyau, esse é justamente o oposto da ordem real. O animal, primeiramente, elabora uma representação, depois uma sucessão de representações, depois uma representação das representações que ele teve (e isso em uma certa ordem imposta). Ele tem, por conseguinte, uma representação da sucessão das representações. Por fim, essa sucessão toma a forma do tempo em virtude de leis como aquelas que fazem que a impressão de uma agulha enterrada nas carnes tome a forma da dor, sem que se tenha essa forma *a priori* na consciência nem nenhuma noção *a priori* da dor. É incontestável que a representação do tempo não precede as outras representações no animal. Quanto a dizer que as *condições* da representação *ulterior* do tempo a precedem, é o mesmo que arrombar uma porta aberta. É claro que as condições de qualquer fenômeno precedem esse fenômeno. Se não tivéssemos um cérebro capaz de sentir, nós não sentiríamos; se nossas sensações não fossem sucessivas, nós não as sentiríamos sucessivamente; se não restasse nada da primeira sensação no momento da segunda, nós não teríamos memória; se não tivéssemos memória, não conceberíamos a sucessão das representações. Porém, as propriedades de nossas representações não são nem propriedades *a priori*, nem leis *a priori*, nem intuições *a priori*, nem formas *a priori*, do mesmo modo que a forma de uma onda não é *a priori* com relação à onda. Não tomemos o modo ou o resultado constante de nossa experiência por uma condição anterior e superior à experiência.

Kant continua: "O tempo é uma *representação necessária* que serve de fundamento *para todas as intuições*". Nós também negamos, como Guyau, essa proposição. Uma sensação, como vimos, pode ser experimentada sem a representação do tempo. O animal que sente os dentes de um outro entrarem na sua carne não tem nenhuma necessidade de representar o tempo para sentir. O tempo só é uma "representação necessária" para as representações complexas de *sucessão*, o que equivale a dizer que é necessário representar o tempo para representá-lo. Tendo sempre tido sucessões de representações, não podemos conceber uma outra maneira de representar os fenômenos, porque essa maneira não nos é dada em nenhuma experiência. A propriedade constante de nossa experiência não pode deixar de nos aparecer como uma necessidade da própria experiência, constantemente confirmada por sua harmonia com a existência real, fora de nós, de movimentos no tempo.

"Somente por essa necessidade", continua Kant, "funda-se *a priori* a possibilidade de princípios apodíticos concernentes às relações do tempo, ou axiomas do tempo em geral, como este: o tempo só tem uma dimensão." Esse axioma, segundo pensamos, é apenas a expressão analítica de nossa representação constante, a tradução de um fato da consciência sem exceção. A dor incita-nos a fugir – eis um fato ou uma lei. Nós representamos o tempo com uma única dimensão e o espaço, com três: a cor, os sons, os odores, com uma intensidade qualquer etc. Eis aí outros fatos ou leis da experiência que se descobre serem leis da própria experiência tal como ela sempre é (e, nesse sentido, suas leis mais gerais). Mas a questão da sua origem permanece em aberto, assim como a da sua *necessidade a priori* e do seu *porquê*.

Kant responde: "É preciso então se limitar a dizer: – Eis aquilo que ensina a observação geral, e não eis aquilo que *deve ser*". Mas, com efeito, nós não podemos dizer nada além do seguinte: a observação geral da própria observação, a experiência geral da experiência, ensina-nos que sempre temos séries de representações que resultam em representações de séries unilineares, e que estas se agrupam, por fim, em uma representação de série única: o tempo; de modo que não podemos figurar de outro modo os fatos da experiência, não tendo nenhum meio para isso. Por que acontece assim?

Nada sabemos sobre isso. Constatar o mais geral dos fatos não é, de modo algum, erigi-lo em "intuição *a priori*".

"O tempo", diz Kant, "não é um conceito discursivo ou, como dizem, geral, mas uma forma pura da intuição sensível. Os tempos diferentes, com efeito, não são senão partes de um mesmo tempo. Ora, uma representação que só pode ser dada por um único objeto é uma intuição." Kant quer dizer que nós não generalizamos as sucessões diversas e destacadas que teríamos tido, mas que isso depende do fato de que nós preenchemos os vazios de nossa experiência através de um efeito óptico análogo ao que nos faz preencher os vazios do espaço. É necessário concluir disso que a ideia de tempo, em vez de ser a *propriedade mais constante* da nossa experiência, seja uma *intuição* do objeto? Aquilo que diz Kant – que não existem vários tempos, mas um único – só se aplica, aliás, à noção erudita e filosófica do tempo. Do mesmo modo como muito provavelmente existem, na origem, apesar dessa teoria kantiana, vários espaços para o animal – um espaço táctil, um espaço visual, um espaço olfativo –, e que a combinação, a fusão desses espaços em uma representação única do espaço único, uniforme, homogêneo, indefinido, é um aperfeiçoamento muito posterior, existem provavelmente para o animal diversos tempos, diversos fragmentos de duração, que ele de modo algum pensa em encadear, alinhando-os sobre uma única linha matemática. Em outros termos, ele representa diversas sucessões das quais cada uma, objetivamente, é um trecho que subsiste à parte, um pedaço da corrente partida. Ele tem sucessões de imagens auditivas e tem sucessões de imagens visuais. Ele tem sucessões de apetites, fome, sede etc. Todas essas séries ficam primeiramente flutuantes e descontínuas na sua imaginação, sendo a sua vida um sonho. Ele não realiza a operação científica que consiste em comparar essas séries, em reconhecer que elas formam uma série única e que, do mesmo modo, objetivamente, o curso do tempo é contínuo, uniforme, idêntico para todos os seres. Essa noção do tempo é um produto refinado da reflexão humana, tal como as noções do infinito, da imensidade, da causalidade universal etc. Pretender que, para ter qualquer representação, é necessário ter essa *intuição pura* do tempo, mesmo em estado obscuro, é transportar nossa ciência atual para a ignorância primitiva. Aliás, mesmo hoje, nós não temos nenhuma *intuição* pura do tempo. Todas as intuições que temos dele são intuições concretas e espaciais – digamos logo a palavra: sensitivas. Somos obrigados a representar o tempo *indiretamente*, através de um subterfúgio. A consciência da transição no tempo não é uma "intuição" do tempo e menos ainda uma intuição superior à experiência. É, pelo contrário, a própria experiência tendo alcançado esse grau de evolução no qual ela é capaz de refletir sobre si mesma. Esse grau só existe verdadeiramente no homem, e mesmo assim no sábio. No animal ou na criança, e na maior parte das circunstâncias, os quadros do espaço são suficientes.

Se é, pois, verdadeiro dizer que a sucessão das representações não é a representação da sucessão, é igualmente falso crer que essa representação tardia da sucessão seja a descida de uma intuição pura na consciência, como a do Espírito Santo entre os apóstolos. Ela é um aperfeiçoamento da inteligência que, de representações primeiramente isoladas, se eleva gradualmente à representação de uma série intensiva, extensiva e protensiva*. Após ter tido representações, das quais cada uma deixa um vestígio, o ser consciente acaba por ter a representação de sua própria ordem e de seu modo de aparição. Ele olha para trás no tempo como olha para trás no espaço. Eis aí uma complicação devida à reflexão da experiência sobre a experiência por intermédio de órgãos repetidores e condensadores.

Kant acaba de dizer que "Uma representação que só pode ser dada por um *único objeto* é uma intuição". Mas onde está, pois, esse *único objeto* do qual teríamos a *intuição*, e que seria o tempo? Por mais que eu busque em minha consciência, não posso ver nela o tempo em si mesmo, sozinho e como um "objeto". Eu represento sucessões de sensações, de paixões, de prazeres, de dores, de volições, de movimentos etc. Mas uma sucessão sozinha, sem nada que se suceda, eis aí aquilo que eu não consigo imaginar, do mesmo modo que um animal em si, que não seria nem homem, nem cavalo etc.

---

* Termo kantiano que designa aquilo que ocupa uma duração, que se estende na duração. (N. T.)

É bem verdade que resta na minha imaginação um quadro aparentemente vazio, uma espécie de longa alameda deserta, ao longo da qual concebo que tudo vai se ordenar. Mas isso é ainda o último resíduo da intuição sensível: observando-o de perto, vocês descobrirão nele uma vaga consciência de sensações, de apetições, de vida e, sobretudo, de movimento. Para conceber o tempo *matemático*, tracem uma linha através da imaginação; passem do tempo para o espaço. Não existe aí nenhuma intuição *pura*. O tempo, aliás, seria verdadeiramente um *objeto*, uma realidade que se pudesse *intueri*, contemplar, uma existência *pura* e *suprassensível* que seria vista com uma *visão pura* e *suprassensível*?

Uma *intuição pura* é coisa impossível no próprio sistema de Kant. Com efeito, é um princípio para Kant que "uma intuição só pode ter lugar quando um objeto nos é dado", e isso só é possível, acrescenta ele, quando o objeto "*afeta* o espírito de uma certa maneira". Ora, "a capacidade de receber os objetos pela maneira como eles nos afetam chama-se *sensibilidade*". É, portanto, "por meio da sensibilidade que os objetos nos são dados e *só ela* nos fornece as *intuições*"[1]. Como, então, poderíamos ter uma intuição de um objeto chamado *tempo*, que não é um objeto real e que não pode, enquanto tal, *afetar* nossa *sensibilidade*, nem nos dar por si só uma sensação? Kant refuta, assim, a si próprio.

---

1. *Crítica da razão pura*, I. 1.

Todas as objeções feitas pelos kantianos à *experiência* da duração se voltam, com muito mais força, contra a pretensa *intuição* pura do tempo. Sendo o tempo um passado--presente-futuro, como poderia ele, no passado e no futuro, ser um objeto de intuição? Como o espírito teria a visão, mesmo *pura*, do passado e do futuro? Digamos que se imagine em Deus uma intuição do eterno, eis aí uma representação totalmente hipotética e, para falar a verdade, da qual não temos nenhuma representação. Mas, enfim, admitindo-se um Ser eterno, é possível supor-lhe a intuição da eternidade. Ao contrário, o que significa a intuição pura do tempo, ou seja, de uma sucessão que só pode estar ao alcance da intuição na sua porção *presente*? Nós não temos outra intuição do tempo que não seja a nossa experiência atual do estado presente com tendência atual a passar para um outro estado. O tempo é um objeto parcialmente de *consciência* e parcialmente de *concepção*: ele não é nem pode ser, sob nenhum pretexto e de nenhuma maneira, objeto da intuição, ainda menos *a priori* do que *a posteriori*. E a expressão intuição pura é aqui absolutamente vazia de sentido. "Eu chamo de pura, diz Kant (esquecendo o que acabara de dizer), uma representação em que não se encontra *nada* que se relacione com a *sensação*." Mas como representar a sucessão dos fenômenos, ou seja, a sucessão das sensações reais ou virtuais, sem nada que se relacione com a sensação? Se, por mais que seja impossível, você esvaziasse completamente a sua consciência de todo o conteúdo sensitivo ou apetitivo, lhe restaria o tempo? Não lhe restará absolutamente *nada*. É por esse procedimento de exaustão, precisamente, que nós chegamos – ou acreditamos ter chegado – à concepção bastarda do *nada*. A intuição de uma *forma* das sensações pretensamente *pura* não é ela própria senão uma imagem das sensações em estado vago e confuso. Kant confunde o último fantasma da experiência com a intuição de um objeto transcendental. Não compreendemos como depois de haver ele próprio tão bem demonstrado que não é possível ter a intuição pura de Deus, da causa suprema, da substância suprema etc., e que "só a sensibilidade fornece as intuições", ele nos fornece uma intuição pura do tempo que não seria outra que não a visão de Saturno* em pessoa.

O próprio Kant reconhece aquilo que dizíamos há pouco, ou seja, que "nós representamos a sequência do tempo por uma linha que se estende ao infinito e cujas diversas partes constituem uma série que só tem uma dimensão e nós *concluímos* pelas propriedades dessa linha as propriedades do tempo, com a única exceção de que as partes da primeira são simultâneas, enquanto as do segundo são sempre sucessivas". Mas a consequência que Kant tira disso é inesperada: "Vemos por aí", diz ele, "que a representação do tempo é uma *intuição*, visto que todas as suas relações po-

---

* Nome latino de Crono, divindade grega que simboliza o Tempo. (N. T.)

dem ser expressas por uma intuição *exterior*". A conclusão natural seria a de que o tempo é uma representação experimental, e não uma intuição *pura*, visto que todas as suas relações só podem ser expressas "por uma intuição exterior", através de imagens que falam aos sentidos ou à imaginação e tomadas por empréstimo ao espaço.

Na realidade, para Kant, o tempo é a forma daquilo que ele chama de "o sentido interno", ou seja, a "intuição de nosso estado interior". Ele deveria ter concluído daí que o tempo nos é dado não independentemente da experiência, mas *com* a experiência e *pela* experiência de nós mesmos, ou seja, do conjunto de nossas representações variáveis, acompanhado de um conjunto de representações fixas que constituem o nosso eu. O tempo é um abstrato da experiência interna.

"Porque se eu pudesse", conclui Kant, "ter a intuição de mim mesmo ou de um outro ser independente dessa condição da sensibilidade, as mesmas determinações que representamos atualmente como mudança nos dariam um conhecimento onde não se encontraria mais a representação do tempo e, por conseguinte, também da mudança." O que é que Kant pode saber sobre isso? Mesmo admitindo que o tempo seja uma condição *sine qua non* da nossa *consciência*, como ele pode concluir daí que o tempo "não pertence também às *coisas* na qualidade de condição ou de propriedade"? Por que estaríamos condenados a ver mudanças no tempo sem que ele existisse? Do fato de que o tempo é um modo da nossa experiência, resulta que ele é a própria experiência em um de seus constantes exercícios, e resulta disso também – com a nossa experiência sendo confirmada pela série de suas relações com as coisas – que o tempo é uma propriedade comum da nossa consciência e das coisas. O sonho da *eternidade* intemporal, elaborado por Kant, é uma simples ideia da qual nada pode garantir o valor.

Toda essa demonstração kantiana ao longo de duas páginas é, portanto, uma série de observações incompletas e de conclusões precipitadas. É a psicologia feita não com base no vivo, mas com base em conceitos abstratos, tais como existem no homem adulto e civilizado. A terminologia escolástica das *intuições puras*, das representações *a priori* e das *formas puras* substitui por símbolos as observações e os raciocínios.

Poderíamos aplicar à *intensidade* uma série de argumentos análogos aos de Kant; sustentar que não podemos representar uma sensação ou um estado qualquer de consciência sem uma certa intensidade e que, por conseguinte, a intensidade é uma forma pura da sensibilidade, um objeto da intuição pura e *a priori*, pelo qual medimos todas as coisas. Poderíamos sustentar que todas as intensidades podem ser concebidas como graus de uma mesma intensidade, variando somente de *qualidades*, de *lugares* e de *tempos*; que não existem cem concepções possíveis da intensidade, mas uma série crescente ou decrescente de intensidades aplicáveis a diversos objetos, como a sucessão e a posição. Concluiríamos daí que é através de uma intuição *a priori* que julgamos a intensidade de um murro.

Existe, além disso, uma grande obscuridade e uma grande incoerência na teoria kantiana. O tempo é primeiramente uma intuição pura e, em seguida, descobre-se que ele é a mais constante das intuições sensíveis, sempre representada na imaginação em termos de "intuição *exterior*", e, por fim, é uma intuição do sentido *interno*. O tempo é, primeiramente, uma intuição do *objeto*, depois se descobre que esse objeto não existe, que é simplesmente nossa maneira constante de sentir, da qual nós temos a consciência. Além disso, se nós percebemos as coisas em si mesmas, Kant nos ensina (como se ele tivesse ido ver) que o tempo se desvanece. Esse pretenso objeto puro de uma intuição pura termina, portanto, por ser uma sombra, uma ilusão da caverna. E, entretanto, o mundo das coisas *reais* tem a complacência de vir se colocar nesse quadro da nossa sensibilidade. Os eclipses previstos pelos astrônomos ocorrem no momento determinado, como se o tempo fosse uma relação objetiva das coisas. Como, portanto, tem lugar essa harmonia entre a nossa sensibilidade e as coisas reais? Dizer que impomos nossas *formas* ao universo não adianta nada, porque nada obriga a *matéria* do universo a moldar-se tão docilmente às nossas formas, nem o sol a eclipsar-se para honrar as formas da nossa sensibilidade, nem nosso corpo a morrer e a se decompor segundo as previsões da ciência, unicamente para conformar-se à nossa intuição do tempo.

III

Os discípulos contemporâneos de Kant, renunciando à intuição pura, contentam-se, com mais modéstia, em colocar o tempo como simples "*lei* da representação". Eles nem por isso deixam de chamar o espaço e o tempo de "as fortalezas inexpugnáveis do apriorismo", e sustentam que os partidários da gênese experimental querem "reduzir tudo à experiência *sem nenhuma lei* para regê-la e, a partir daí, sem possibilidade para constituí-la e para compreendê-la"[2]. Mas onde se vê que os partidários da experiência – como exemplo, Guyau – a consideram como não estando submetida a nenhuma lei? E em que a existência de uma lei experimental provaria a existência de uma forma *a priori*? É uma lei que, se eu olhar para uma cruz vermelha, experimentarei a sensação do vermelho e que, se eu voltar os meus olhos para algo branco, um matiz verde substituirá o vermelho. É necessário concluir disso que as formas do branco, do vermelho e do verde e de suas combinações sejam, *a priori*, sob o pretexto de que elas estão contidas na constituição cerebral? As leis que nos fazem experimentar determinada

---

2. Renouvier, *Lógica*, I, 344.

sensação de odor quando se evapora o cloro são *a priori*? Essa maneira de apresentar o problema é muito cômoda. Em suas tentativas para explicar a gênese da ideia de tempo, Guyau supõe a experiência com as leis fisiológicas e psicológicas que a tornam possível – e que entram, elas mesmas, nas leis gerais do universo. A questão está em saber se é necessário, no lugar do jogo das leis da sensação, da emoção e do apetite, invocar uma lei transcendental ou, melhor dizendo, uma faculdade transcendental. Hipótese preguiçosa, *ignava ratio**, que, longe de explicar a experiência através de leis, erige como lei a própria ausência de lei natural sob o nome de intuição pura ou de forma *a priori*.

Em resumo, *a representação da sucessão de várias representações* não é, segundo pensamos, senão um estado de consciência mais complexo, de ordem ao mesmo tempo sensitiva, apetitiva e motora. Para representar uma sucessão de representações, é necessário ter simultaneamente: 1º) uma determinada sensação atual; 2º) a imagem de uma sensação anterior; 3º) a imagem sintética e confusa da transição, ou seja, da pluralidade de imagens intermediárias, ligando a imagem à sensação. Se nos objetarem que tudo isso é um complexo *presente* de imagens, e não uma suces-

---

* "Razão preguiçosa" – na filosofia kantiana, trata-se de qualquer princípio que nos leve a considerar que nossa razão já completou sua tarefa, interrompendo o seu trabalho como se ele já estivesse concluído. (N. T.)

são no tempo, responderemos que, de fato, só concebemos o *passado presentemente*, através de uma figuração presente. Além disso, a objeção provém, como já mostramos em outra parte[3], do fato de que se supõe idealmente: 1º) um presente indivisível; 2º) uma imobilidade da consciência nesse ponto presente. Ora, primeiro, o presente da nossa consciência tem uma duração; segundo, a imobilidade é uma concepção estática falsa, que não corresponde à realidade dinâmica. Um ser que muda passando do prazer à dor pode sentir-se em *mudança* mesmo que ele ainda não conceba o *tempo* nem a relação entre os dois termos da mudança. A mudança é apreendida no próprio momento em que ela se realiza, na transição, sob a forma dinâmica. Nossa palavra abstrata *mudar* exprime hoje em dia uma *comparação* e nos leva a crer que o ser tem necessidade de uma comparação de imagens para aperceber-se da própria mudança. Sim, ele tem necessidade disso para *julgar* que mudou, mas não para ter o sentimento particular que é correlativo da mudança.

Nenhuma comparação de ideias em estado estático conseguiria dar a sensação da mudança se o ser vivo não a tivesse dinamicamente. O animal, pelo menos em estado normal e consciente, não tem uma ideia morta e imóvel do prazer, depois uma ideia morta e imóvel da dor: no próprio momento em que seu prazer se transforma em dor, existem

---

3. Ver nossos estudos sobre a *Memória*, na *Revista dos Dois Mundos*.

mais coisas nele do que imagens estáticas, objeto de uma comparação contemplativa e retrospectiva. Existe a indefinível consciência de perder o prazer e de adquirir a dor, existe a experiência interna da mudança em ato. Eis aí, segundo pensamos, o elemento essencial e primitivo de todas as ideias ulteriores de tempo, de espaço, de movimento etc. Mas essa experiência radical da mudança efetuando-se não implica de modo algum uma referência do pensamento a alguma intuição pura do tempo. Não é em uma intuição *a priori* que nos vemos mudar, passar do prazer à dor. É em uma intuição *experimental* por excelência, que é a consciência imediata. Em outros termos, no próprio presente – ou naquilo que parece assim para a nossa consciência – não nos sentimos inertes: o apetite é uma tendência que se manifesta através de um duplo sentimento de *tensão* constante e de *transição* constante. Nós nos sentimos moventes e não imóveis, antes de sabermos o que é mudança ou imobilidade. A esta tensão do *querer* e do *mover*, a esta consciência da energia passando do potencial ao atual, juntem o jogo de representações tão bem descrito por Guyau: ele fará aparecer os dois termos extremos de uma série mental em uma dimensão, com os termos intermediários em ordem determinada, e vocês terão então tudo aquilo que supõe a representação de uma sucessão ou, melhor dizendo, de uma transição de representações e de apetições. Vocês terão, diante dos olhos da imaginação psicológica: 1º) uma espécie de avenida aberta, com os intermediários sendo como as árvores que orlam uma alameda: é a representação estática e, por isso mesmo, incompleta; 2º) a imagem da tensão e transição constantes que acompanharam cada termo da série: é a representação dinâmica, apetitiva e motora. Eis aí a ideia do tempo: por mais que vocês busquem na sua consciência, só encontrarão ali esses dois grupos de representações, umas variáveis e diversas, outras constantes e uniformes, cujo contraste interno, no seio do apetite que constitui a vida, aparece como *duração*.

Veremos de que maneira engenhosa e profunda Guyau se esforçou para reconstituir a representação do tempo. O que permanece de irredutível na sua análise do sentimento da duração não é de forma alguma a prova de uma intuição transcendente: *irredutibilidade* não é de modo algum, como se pretende, *aprioridade*[4]. Aqueles que acreditam nisso cometem a *ignoratio elenchi**. Nossas sensações, enquanto tais, são irredutíveis; o prazer e a dor são irredutíveis; em todos os estados de consciência existe um caráter de intensidade que é irredutível. É necessário concluir daí que tudo isso seja *a priori*? É, ao contrário, a prova de que existem aí coisas da pura experiência, coisas que é necessário ter *experimentado* para conhecer. Do mesmo modo ocorre com o tempo: o ser que não tivesse nem sensações sucessivas, nem apetições

---

4. Ver, além de Renouvier, a *Psicologia* de Rabier.
* Sofisma que consiste em ignorar aquilo que se deve provar contra um adversário. Falar, com autoridade, sobre aquilo que não se conhece. (N. T.)

sucessivas, nem reflexão sobre essas sensações e sobre o seu modo de ordenação serial não teria nenhuma experiência da duração, e não seria de modo algum a intuição pura que poderia supri-la. A *irredutibilidade* é precisamente o caráter de tudo aquilo que é objeto da *experiência imediata e radical*.

O mais estranho é que aqueles mesmos que objetam que a experiência interna forneça somente representações estáticas e imóveis, em diversos instantes dos quais cada um está sempre presente, são também os que, para explicar a consciência do tempo, invocam a coisa estática e imutável por excelência: o quadro *a priori* do tempo ou mesmo, como Ravaisson, a ideia da eternidade. Mas é aí então que ficaríamos para sempre fixados, congelados, cristalizados em um presente sem passado e sem futuro. Teríamos, pelo lado empírico, uma ou várias representações sempre presentes e em repouso e, pelo lado racional, uma ideia pura, imóvel, eterna, um *punctum stans**. Como fabricar com todos esses elementos *estáveis* a sucessão e a representação da sucessão? Será sempre necessário vir – como os partidários da experiência, tais como Guyau – buscar em nossa própria experiência um meio de apreender em flagrante e de conceber a sucessão. E esse meio é muito diferente da contemplação imóvel da imóvel eternidade.

---

* Lugar onde não há passado ou futuro, onde todos os eventos estão presentes ao mesmo tempo. (N. T.)

Prefácio do autor*

Uma das consequências mais bem estabelecidas pela psicologia moderna é a de que tudo está presente em nós, inclusive o próprio passado. Quando me lembro de ter, na minha infância, brincado de rolar o arco, a imagem que evoco está presente, tão presente quanto a deste papel sobre o qual exprimo neste momento ideias abstratas. Pensar em brincar de rolar o arco já é mesmo preludiar interiormente as ações que supõe este jogo. Do mesmo modo, pensar em uma pessoa ausente é como chamá-la baixinho pelo seu nome e quase começar um diálogo com ela. Uma coisa só passou realmente quando perdemos toda a consciência dela. Para retornar à consciência, ela deve se tornar novamente presente. Mas se, em suma, tudo está presente na consciência, se a

---

* Uma primeira versão deste texto foi publicada originalmente na *Revue philosophique de la France et de l'étranger* (tomo XIX, 1885, p. 353-68), com o título "L'évolution de l'idée de temps dans la conscience". (N. T.)

imagem do passado é uma espécie de ilusão e se o futuro, por sua vez, é uma simples projeção de nossa atividade presente, como chegamos a formar ou a organizar a ideia de tempo, com a distinção de suas partes? E qual é a evolução dessa ideia na consciência humana?

A ideia de tempo, segundo pensamos, limita-se a um efeito de perspectiva. Mostraremos, em primeiro lugar, que essa perspectiva nem sempre existiu e não é necessária *a priori* para o exercício do pensamento em seu período de confusão e de indistinção originária. Depois, tentaremos explicar como se formou essa perspectiva e seguir o trabalho da natureza em seus diversos graus: assim, segue-se em um quadro o trabalho do pintor. Vê-se como, sobre uma tela plana, ele pôde tornar sensível a profunda obscuridade de um bosque ou, ao contrário, fazer um raio de luz penetrar e espalhar-se alegremente em um aposento. A perspectiva na pintura é um caso de arte ou de artifício. A memória também é uma arte: nós mostraremos, na concepção do tempo, o plano natural e inevitável que essa arte sempre segue. Para isso, tentaremos fazer sucessivamente a parte: 1º) da imaginação passiva e puramente reprodutora, que fornece o quadro imóvel do tempo, sua *forma*; 2º) da atividade motora e da vontade que, segundo pensamos, fornece o *fundo* vivo e movente da noção do tempo. Os dois elementos reunidos constituem a *experiência* do tempo.

Capítulo 1

Período de confusão primitiva

Que a ideia de tempo, tal como ela existe hoje no espírito do adulto, seja o resultado de uma longa evolução é algo difícil de negar. Na origem, o sentido exato do passado está bem longe de existir no animal e na criança como ele existe no homem. Ele compreende um período de formação. Nossas línguas indo-europeias têm a distinção entre o passado, o presente e o futuro claramente fixada nos verbos. A ideia de tempo acha-se assim imposta a nós pela própria língua. Não podemos falar sem evocar e classificar no tempo uma multiplicidade de imagens. Mesmo distinções bastante sutis entre determinados aspectos sob os quais a duração se apresenta a nós – como o futuro e o futuro do pretérito, o perfeito, o imperfeito e o mais-que-perfeito – penetram pouco a pouco no espírito das crianças, ainda que não seja sem dificuldade que elas cheguem a compreender isso. Enfim, são-lhes dadas mil maneiras de distinguir os diversos momentos do tempo:

o percurso do sol, relógios que badalam, minutos, horas, dias. Todas essas imagens sensíveis entram pouco a pouco na cabeça da criança e a ajudam a organizar a massa confusa de suas lembranças. Porém, o animal e a criança que ainda não sabe falar experimentam, sem dúvida, dificuldades bem grandes para representar o tempo. Para eles, é provável que tudo esteja quase no mesmo plano. Todas as línguas primitivas exprimem através dos verbos a ideia de *ação*, mas não distinguem bem os diversos tempos. O verbo, em sua forma primitiva, pode servir igualmente para designar o passado, o presente ou o futuro. A filologia indica, portanto, uma evolução da ideia de tempo.

Acontece o mesmo com a psicologia comparada. O animal ou mesmo a criança teriam verdadeiramente um passado, ou seja, um conjunto de lembranças ordenadas, organizadas de maneira a produzir a perspectiva dos dias decorridos? Não parece. Diz-se muitas vezes que uma criança ou que um homem tem memória quando um conjunto de imagens está muito vivo nele. Sob esse ponto de vista, um animal pode ter uma memória tão boa e por vezes até mesmo melhor que a do homem. É um caso de mecânica: tudo depende da força da impressão recebida, comparada com a força das outras impressões que a seguiram. Mas, do ponto de vista psicológico, o caráter distintivo da memória humana é o sentimento exato da *duração*, é a *ordem* das lembranças, é a *precisão* conferida, por isso mesmo, a cada uma delas; todas as coisas que devemos em grande parte ao sol, aos astros, à agulha que gira sobre o mostrador de nossos relógios, ao retorno ritmado das mesmas funções fisiológicas no relógio de nosso organismo. O animal e a criança, na falta de meios de medida, vivem "um dia de cada vez". Um elefante lança-se sobre um homem que o feriu há vários anos; segue-se que o elefante tenha, por isso, a ideia clara da duração e uma memória organizada como a nossa? Não, o que existe, sobretudo, é uma associação mecânica de imagens atuais. A imagem desse homem junta-se à imagem ainda vívida e presente dos golpes recebidos, e as duas imagens movem-se juntas como duas rodas de uma engrenagem. Pode-se dizer que o animal quase representa o homem como o agredindo atualmente: sua cólera, por isso, não é senão mais forte. Não existe prescrição para o animal, porque ele não tem em si um sentido claro da duração.

Do mesmo modo, todas as sensações que a criança teve continuam a repercutir nela, coexistem com as sensações presentes, lutam contra elas. É um tumulto inexprimível, em que o tempo ainda não se introduziu. O tempo só será constituído quando os objetos estiverem dispostos sobre uma linha, de tal modo que só haverá uma dimensão: o comprimento. Mas, primitivamente, não acontece assim: essa longa linha que parte do nosso passado para se perder no futuro longínquo ainda não foi traçada. Como a criança não desenvolveu a arte da lembrança, tudo lhe é presente. Ela não distingue claramente nem os tempos, nem os lugares, nem as pessoas. A imaginação das crianças tem como ponto de partida a *confusão* das imagens produzida por sua *atração* recíproca. Elas misturam aquilo que foi com aquilo que é ou será. Elas não vivem, como nós, no real, no *determinado*, não circunscrevendo nenhuma sensação, nenhuma imagem. Em outros termos, não distinguindo e não *percebendo* nada muito claramente, elas *sonham* a propósito de tudo. A criança retém e reproduz imagens muito mais do que as inventa e pensa. E é precisamente por causa disso que ela não tem a ideia clara do tempo: a imaginação reprodutora, estando sozinha, não se distingue, não se opõe à imaginação construtiva, que, no entanto, é ela própria em seu desenvolvimento superior. A criança ou o animal não tem, portanto, um passado claramente oposto ao presente, oposto ao futuro que se imagina, que se constrói à sua maneira. A criança confunde incessantemente aquilo que ela fez realmente com aquilo que ela gostaria de ter feito, com aquilo que ela viu ser feito diante dela, com aquilo que ela diz ter feito e com aquilo que lhe dizem que ela fez[1]. O passado é para ela apenas a imagem dominante na barafunda de todas as imagens emaranhadas. Ela não tem em si senão uma massa indistinta, sem agrupamento e sem classificação:

---

1. Ver, sobre esse assunto, *Educação e hereditariedade*.

assim aparecem os objetos durante o crepúsculo ou no começo da alvorada, antes que os raios do sol venham trazer ao mesmo tempo a ordem e a luz, distribuindo tudo em diversos planos. Veremos mais adiante os graus sucessivos desse trabalho de distribuição.

Os observadores reconhecem que aquilo que se desenvolve antes de tudo, nos animais, é a percepção do espaço. O grau dessa percepção relaciona-se com os movimentos que o animal deve executar para satisfazer seus apetites, e é provável que sejam esses próprios movimentos, realizados em todos os sentidos, que forneçam a representação do espaço. Ao contrário, os observadores confirmam o fato de que os animais, mesmo os mais próximos do homem, têm uma percepção muito confusa das relações de tempo e de tudo aquilo que se relaciona com isso. Os animais só têm, com efeito, necessidade dos sentidos e da imaginação espontânea para se guiarem no espaço, irem e virem, beberem, comerem etc. A memória dos animais é totalmente espacial: imagens visuais, tácteis, olfativas etc., que são despertadas e se associam automaticamente. Existe a classificação dos objetos no espaço, mas nada indica uma verdadeira classificação no tempo, visto que o animal age com o passado como o presente. O próprio instinto, que parece voltado para o futuro, é um conjunto de apetites que se tornaram automáticos, em que o tempo age sob a forma de espaço sem que o animal separe bem o futuro do presente. Em poucas palavras, o animal está inteiramente nas imagens. A adaptação a um futuro concebido como tal, e em virtude dessa própria concepção, é uma característica do homem.

Se mesmo no homem e, sobretudo, na criança a ideia de tempo permanece muito obscura em comparação com a de espaço, isso é uma consequência natural da ordem da evolução que desenvolveu o sentido do espaço antes que o de tempo. Nós imaginamos facilmente o espaço; temos uma verdadeira visão interior dele, uma intuição. Tentem representar o tempo da mesma maneira; vocês só conseguirão isso representando espaços. Vocês serão obrigados a *alinhar* os fenômenos sucessivos; a colocar um sobre um ponto da linha, outro sobre um segundo ponto. Em poucas palavras, vocês evocarão uma fileira de imagens espaciais para representar o tempo.

É, portanto, contrariar as verdadeiras leis da evolução querer, como Spencer, construir o espaço com o tempo, quando é – ao contrário – com o espaço que nós conseguimos representar o tempo. A representação dos acontecimentos em sua ordem *temporal*, como acabamos de ver, é uma aquisição mais tardia que a representação dos objetos em sua ordem *espacial*. A razão disso é: 1º) que a ordem espacial está ligada às próprias *percepções*, às *apresentações*, ao passo que a ordem temporal está ligada à imaginação reprodutora, à *representação*. 2º) Não somente o tempo está ligado às *representações* – fenômenos ulteriores –, mas ele também só pode ser percebido se as representações são reconhecidas como representações, e não como sensações imediatas. É necessária, portanto, a *apercepção* da *representação* de uma *apresentação*. Ao contrário, a extensão e suas partes mais ou menos distintas, mas certamente expostas diante dos nossos olhos, deixa-se perceber em um único momento através de um grande número de sensações atuais tendo diferenças específicas (sinais locais). Para perceberem a extensão, a criança e o animal têm apenas que abrir os olhos: é um espetáculo atual e intenso, ao passo que, para o tempo, é um "sonho apagado".

As crianças chegam a atingir ideias muito elevadas sobre a posição dos objetos no espaço, sobre as relações entre *perto* e *longe*, *dentro* e *fora* etc., bem antes de terem ideias definidas sobre a *sucessão* e a *duração* dos acontecimentos. James Sully fala de um garoto de três anos e meio que tinha um conhecimento muito preciso das situações relativas de diversas localidades visitadas em seus passeios, mas que embaralhava todos os tempos, não tendo nenhuma representação definida que correspondesse aos termos "*esta semana*" ou "*a semana passada*", para o qual mesmo *ontem* era um passado absolutamente indeterminado, indiscernível de qualquer outra época. James Sully, que fez essa observação, ainda imagina, no entanto (como quase toda a escola associacionista e evolucionista da Inglaterra), que nós adquirimos a ideia do espaço por intermédio da ideia do tempo. Acreditamos, de nossa parte, como diversos psicólogos alemães (como Hering e Stumpf), como William James e Ward e como Alfred Fouillée, que isso é uma ilusão da análise psicológica, que confunde seus procedimentos de decomposição das ideias com os procedimentos espontâneos e sintéticos da criança ou do animal[2].

Spencer supõe que os cegos de nascença não têm consciência do espaço "a não ser sob a forma de termos sucessivamente presentes que acompanham o movimento". À parte "algumas diminutas percepções de coexistências", devidas a impressões simultâneas, é "no número, na ordem e no tempo" que o cego pensa se mover, e não, como nós, na extensão[3]. Riehl também admite que o espaço é uma característica que pertence exclusivamente às sensações visuais. Essa doutrina nos parece inteiramente imaginária, e não acreditamos nessa anterioridade da ordem do tempo sobre a do espaço. Primeiramente, como representar a *ordem* senão de uma maneira *figurativa* que é sempre mais ou menos *espacial*? O cego de nascença representa a sensação de sua mão pegando um pedaço de pão e tendo contato com ele, depois o contato do pedaço de pão com a sua boca, depois o contato do pedaço atravessando o esôfago. Estão aí re-

---

2. Sobre esse ponto, Morselli, em seus estudos psicológicos sobre a percepção do tempo e do espaço (*Rivista di Filosofia scientifica*, 1886), dá-nos razão e alinha-se com as conclusões de nosso estudo sobre o tempo, publicado primeiramente na *Revista filosófica*.
3. *Psicologia* II, p. 209.

presentações de *espaço* táctil, e não apenas de tempo táctil, porque existem aí contatos localizados em diversos pontos do organismo. O cego conhece tão bem quanto nós o lugar da sua mão direita, o da sua mão esquerda, o da sua boca, o da sua garganta etc. Ele não tem necessidade de vê-los; ele faz melhor do que ver, ele sente e toca. Pensamos, portanto, como os psicólogos já citados, que *todas* as nossas sensações, internas e externas, têm uma forma de *extensão* mais ou menos vaga; que mergulhar sua mão na água fria, por exemplo, produz uma sensação de frio menos *extensa* que o banho do braço inteiro. Não há necessidade de ver nem mesmo de tocar seu corpo para sentir que se está inteiramente na água ou que se tem nela apenas o dedo mínimo. "O espaço", como diz Fouillée, "é o modo natural de representação das sensações simultâneas oriundas dos diversos pontos do organismo." Não pensamos, portanto, que haja necessidade de medir os tempos e as distâncias entre nossos diversos órgãos para pensar as coisas no espaço. Spencer apela para a ideia mais obscura, a ideia de tempo, para esclarecer aquela que é a menos e que é a mais diretamente intuitiva ou imaginativa: a ideia de espaço.

Capítulo 2

Forma passiva do tempo; sua gênese. – Parte das noções de diferença, de semelhança, de pluralidade, de grau e de ordem

O primeiro momento da evolução mental, como dissemos, é uma multiplicidade confusa de sensações e de sentimentos, multiplicidade, aliás, que podemos reencontrar ainda hoje em nós mesmos através da reflexão. Com efeito, não há estado de consciência verdadeiramente simples e bem delimitado. A multiplicidade está no fundo da consciência, sobretudo da consciência espontânea. Uma sensação é uma mistura de mil elementos. Quando digo "tenho frio", exprimo por uma palavra uma multiplicidade de impressões que me vêm de toda a superfície do corpo. Do mesmo modo como cada sensação particular é múltipla, um estado geral de consciência, em um dado momento, é composto de uma enorme multiplicidade de sensações. Nesse momento, estou com dor de dentes, sinto frio nos pés, tenho fome – eis aí sensações dolorosas. Ao mesmo tempo, o sol brinca com meus olhos, eu respiro o ar fresco da manhã e penso em ir fazer meu desjejum – eis aí sensações ou imagens agradáveis. Tudo isso está entremeado com a procura de ideias filosóficas, por um sentimento vago de tensão do espírito etc. Quanto mais pensamos nisso mais ficamos espantados com a complexidade daquilo que chamamos de *um* estado de consciência e com o número indeterminável de sensações simultâneas que ele supõe. É preciso todo um trabalho para introduzir nessa multidão a ordem do tempo, como a paciente Psique* da fábula punha em ordem todos os elementos minúsculos que lhe tinham obrigado a organizar.

O primeiro momento desse trabalho de análise é o que os ingleses chamam de *discriminação*, a percepção das *diferenças*. Suprimam essa percepção das diferenças e vocês suprimirão o tempo. Há uma coisa notável nos sonhos: é a metamorfose perpétua das imagens, que, quando é *contínua* e sem contrastes nítidos, abole a sensação da duração. Outro dia, eu sonhava que estava acariciando um cão terra-nova; pouco a pouco, o cão tornou-se um urso, e isso gradualmente, sem provocar da minha parte nenhum espanto. Do mesmo modo, os lugares mudam algumas vezes não por um lance súbito, mas por uma série de transições que

---

* Na mitologia grega, a bela Psique, alvo da vingança de Afrodite (que não suportara vê-la casada com seu filho Eros), havia sido aprisionada e obrigada a realizar tarefas quase impossíveis, como selecionar os bons grãos em meio a imensos montes de cereais. (N. T.)

impedem que essa mudança seja observada: eu estava ainda há pouco em uma casinha, eis-me agora em um *palazzo* italiano olhando os quadros de Correggio*. Ainda há pouco era eu mesmo, agora sou um outro. Isso se passa como em um teatro, onde vemos pouco a pouco árvores e casas se irem, substituídas proporcionalmente por outros cenários, com a diferença de que, no sonho, estando a atenção adormecida, cada imagem que desaparece *desaparece por inteiro*: então a comparação entre o estado *passado* e o estado *presente* torna-se impossível; qualquer recém-chegado ocupa sozinho o palco e nos faz esquecer inteiramente dos outros atores ou dos outros cenários. Por causa dessa ausência de contraste, de diferenças, as mudanças mais consideráveis podem se realizar escapando à consciência e sem organizar-se no tempo. Eis uma prova de que não temos de modo algum um quadro *a priori* para nele colocar os objetos, que são nossas próprias percepções que fazem seus quadros quando estão distribuídas regularmente. Em uma massa absolutamente homogênea nada poderia dar nascimento à ideia de tempo: a duração só começa com uma certa variedade de efeitos.

De outra parte, uma heterogeneidade muito absoluta, se ela fosse possível, excluiria também a ideia de tempo, que tem entre suas principais características a continuidade, ou

---

* Pintor italiano (1489-1534). (N. T.)

seja, a unidade na variedade. Se nossa vida passa através de meios muito diversos, se imagens muito heterogêneas vêm atingir nossos olhos, a memória se perturba, põe antes aquilo que está depois, embaralha tudo. É aquilo que se produz facilmente nas viagens, onde uma multidão de sensações sem relação umas com as outras se sucedem com rapidez. Pascal observava que as viagens se parecem com os sonhos: se viajamos sempre sem nunca nos deter e, sobretudo, sem termos mesmo organizado o plano da viagem, teremos dificuldade para distinguir a vigília do sonho. É necessária uma certa continuidade nas sensações, uma certa lógica natural; é necessário que uma saia da outra, que elas se encadeiem juntas. *Memoria non facit saltus**. Para constatar a mudança, é necessário um ponto fixo.

Quando analisamos a nós mesmos, encontramos sob cada imagem atual, sob cada objeto ou série de objetos que se oferecem a nós, sob cada um de nossos pensamentos e cada um de nossos sentimentos presentes, um sentimento, um pensamento, uma imagem análoga que reconhecemos como nossos. Uma longa experiência fez que pouco a pouco entrasse em nós uma parte do mundo exterior, e basta nos examinarmos a fundo, através da reflexão, para encontrá-la sob a superfície móvel das sensações e das ideias presentes. Assim, não há nada de absolutamente novo para nós; e aí

---

* "A memória não dá saltos". (N. T.)

está o segredo da nossa inteligência, porque não compreenderíamos aquilo que não tivesse nenhuma analogia com o nosso passado, aquilo que não despertasse nada em nós. Platão tinha razão ao afirmar que conhecer é, em parte, lembrar-se, que existe sempre em nós alguma coisa que corresponde ao saber que nos é trazido de fora.

Aquilo que faz que o animal não possa *conhecer* é precisamente o fato de que ele não *se lembra*, propriamente falando. Em seu mundo interior existe, como já vimos, uma confusão que torna não menos confuso para ele o mundo exterior. Com efeito, conhecer é comparar uma lembrança com uma sensação. Para que o conhecimento seja claro, é necessário que a lembrança seja distinta, precisa, localizada em um determinado ponto do espaço. Se tudo se escoasse em nós como a água de um rio, nosso pensamento ir-se-ia também e desapareceria com as sensações fugitivas. A primeira condição do pensamento é reter a si mesmo pela memória. Conhecer é reconhecer, pelo menos parcialmente. Eis por que a vida dos animais se passa como em um sonho; por vezes, ainda reencontramos nossos sonhos e os reconstruímos, opondo-os à vida real. Mas, se nós sonhássemos perpetuamente, teríamos apenas uma vaga ideia de nossos sonhos: é assim que acontece com os animais.

A percepção das diferenças e das semelhanças, primeira condição da ideia de tempo, tem como resultado a noção de dualidade, e com a dualidade se constrói o número. A ideia do número não é outra coisa, na origem, senão a percepção das diferenças sob as semelhanças. As diversas sensações – primeiramente as sensações contrárias, como as do prazer e as da dor, depois as dos diferentes sentidos, como exemplo, as do tato e as da visão – distinguem-se mais ou menos claramente umas das outras.

Assim, a *discriminação*, elemento primordial da inteligência, não tem necessidade da ideia de tempo para exercer-se: é, ao contrário, o tempo que a pressupõe. A própria noção de *sequência*, à qual Spencer reduz o tempo, é derivada. Primitivamente, tudo coexiste, e as sensações tácteis ou visuais tendem a tomar espontaneamente a forma vaga do espaço, sem distinção de planos, sem dimensões precisas. Quando dizemos que tudo coexiste, estamos ainda tomando emprestado da linguagem do tempo um termo muito claro, exprimindo uma relação consciente e refletida de simultaneidade: na origem, não se tem a noção de coexistência nem a de sucessão, tem-se uma imagem confusa e difusa de coisas múltiplas, espalhadas ao nosso redor, e o próprio termo "extensão" é claro demais para exprimir esse caos. Só o movimento introduzirá aí mais tarde as divisões, as distinções, pelo esforço que ele supõe. É o movimento voluntário que criará para o nosso espírito a terceira dimensão do espaço, e sem ele tudo ficaria no mesmo plano. Além disso, a própria noção de plano e de superfície só nascerá se a superfície for percorrida por um movimento da mão e dos olhos. Veremos mais adiante que acontece o mesmo com o tempo.

Além dos três primeiros elementos da ideia de tempo – *diferenças, semelhanças* e *número* –, a consciência nos coloca logo na posse de um quarto, cuja importância é capital: a *intensidade*, o *grau*. Segundo pensamos, há uma conexão íntima entre o *grau* e o *momento*. Entre as diversas sensações e os diversos esforços motores da mesma espécie existem em geral gradações e um tipo de escala que permite passar de um para o outro. Primeiro, eu tenho apetite, depois fome, depois uma forte dor de estômago misturada com vertigens e com uma sensação geral de fraqueza; eis o exemplo de uma sensação passando por uma multiplicidade de graus. Acontece o mesmo com a maior parte dos nossos sentimentos na vida habitual: eles se reduzem a um pequeno número, mas são suscetíveis de variações perpétuas, de degradações ou de acréscimos quase ao infinito. A vida é uma evolução lenta. Cada *momento do tempo* pressupõe um *grau* na *atividade* e na *sensibilidade*, um acréscimo ou uma diminuição, uma variação qualquer. Em outros termos: uma relação composta de quantidade e de qualidade. Se não houvesse divisão, variação e grau na atividade ou na sensibilidade, não haveria tempo. O pêndulo primitivo que serve para medir o tempo e mesmo contribui para criá-lo para nós é o batimento mais ou menos intenso, mais ou menos excitado de nosso coração.

Bain observa com razão que não podemos levantar um peso à altura de um pé, e depois de dois pés, sem termos uma experiência particular da duração. Na sensação do *contínuo*, por exemplo, do movimento contínuo, do esforço contínuo, existe "uma apercepção de grau". Mas Bain acrescenta que "esta apercepção de grau é o fato chamado de tempo ou duração". Essa conclusão é inadmissível. Há outra coisa na duração além de uma apercepção de graus de intensidade, por mais cômoda que seja essa apercepção para nos tornar sensível à sucessão, que é a característica do tempo.

Os elementos precedentes fornecem-nos simplesmente aquilo que poderia ser chamado de *leito* do tempo, abstraindo-se o seu *curso* ou, se preferirmos, o quadro no qual o tempo parece mover-se, a ordem segundo a qual ele organiza as representações em nosso espírito; em poucas palavras, a forma do tempo. É *uma ordem de representações ao mesmo tempo diferentes e semelhantes, formando uma pluralidade de graus*. Além do mais, a própria lembrança tem seus graus, segundo ela está mais ou menos longínqua: toda mudança que vem se representar na consciência deixa nela, como resíduo, uma série de representações dispostas segundo uma espécie de linha, na qual todas as representações longínquas tendem a se apagar para dar lugar a outras representações sempre mais claras. Toda mudança produz assim, no espírito, uma espécie de rastro luminoso, análogo aos que deixam no céu as estrelas cadentes. Ao contrário, um estado fixo aparece sempre com a mesma nitidez, no mesmo meio, como os grandes astros do céu. Acrescentemos, pois, ainda, aos elementos que precedem, os *resíduos*, de clareza e de intensidade diferentes, deixados na memória pela mudança.

A prova de que a representação do antes e do depois é um jogo de imagens e de resíduos é que podemos muito bem confundi-los. É o que acontece nas experiências psicofísicas, em que um indivíduo nota um som antes de havê-lo escutado; sobretudo nas experiências em que, sendo apresentadas duas faíscas sucessivas aproximadas, ele confunde a que apareceu primeiro com a segunda. No fenômeno da forte expectativa, é possível representar tão fortemente o som esperado que ele é escutado antes que se produza. Quanto à ordem invertida entre as faíscas, ela provém – sem dúvida – do fato de que a atenção, aplicando-se ora a uma, ora a outra, exagera aquela à qual ela se vincula, dando-lhe uma intensidade que a *aproxima* do olhar da consciência, mesmo que esteja mais afastada no tempo.

Nós determinamos tudo aquilo que, no tempo, não é a própria mudança apreendida em flagrante ou aquilo que chamamos de *leito* do tempo, por oposição ao seu *curso*. Resta fazer correr e escoar o tempo na consciência; é necessário que, nesse leito já pronto fornecido pela imaginação, alguma coisa ativa e movente se produza para a consciência. Até esse momento temos feito do pensamento alguma coisa muito passiva, em que vem se refletir uma variedade de objetos tendo *graus* diversos, com os *resíduos* dispostos em uma *ordem* crescente ou decrescente, tudo de alguma forma *fixado*. Tentemos agora mostrar a parte da atividade, da reação cerebral e mental.

Capítulo 3

Fundo ativo da noção de tempo; sua gênese. – Parte da vontade, da intenção e da atividade motora. – Presente, futuro e passado. – O espaço como meio de representação do tempo

O curso do tempo se reduz, no espírito adulto, a três partes que se opõem entre si e que são o presente, o futuro e o passado. Antes de tudo, sob a ideia de *presente*, encontra-se a de *atualidade*, de *ação*, que não parece de modo algum uma ideia derivada do tempo, mas sim uma ideia anterior. A ação envolve o tempo, que seja, e o *atual* envolve o presente, mas a consciência do atual e da ação não provém do tempo. O próprio presente não é ainda o tempo ou a duração, porque toda a duração, todo o curso do tempo, podendo ser decomposto em presente e em passado, consiste essencialmente na adição de alguma coisa à pura e imóvel ideia do presente. Essa própria ideia do presente é uma concepção abstrata, derivada, que só existia originalmente de forma implícita na ideia da ação, do esforço atual. O verdadeiro presente, com efeito, seria um instante indivisível, um momento de transição entre o passado e o futuro, momento que não pode ser concebido senão como infinitamente pequeno, morrendo e nascendo ao mesmo tempo. Esse presente racional é um resultado da análise matemática e metafísica: o presente empírico de um animal, de uma criança ou mesmo de um adulto ignorante está muito afastado disso. É um simples pedaço de duração tendo como realidade o passado, o presente e o futuro, pedaço divisível em uma infinidade de *presentes* matemáticos com os quais não sonham nem o animal, nem a criança, nem o homem vulgar. O verdadeiro ponto de partida da evolução não é, portanto, a ideia do presente, assim como a do passado ou a do futuro. É o *agir* e o *sofrer*. É o *movimento* sucedendo a uma *sensação*.

A ideia das três partes do tempo é uma cisão da consciência. Quando as células de alguns animais alcançam todo o crescimento possível, elas se dividem em duas por cissiparidade; existe alguma coisa de análogo na geração do tempo.

Como se faz essa divisão dos momentos do tempo na consciência primitiva? Segundo pensamos, ela tem lugar pela própria divisão entre o sofrer e o agir. Quando experimentamos uma dor e reagimos para afastá-la, começamos a cortar o tempo em dois, em presente e em futuro. Essa reação com relação aos prazeres e às dores, quando se torna consciente, é a *intenção*. E, segundo pensamos, é a intenção, espontânea ou refletida, que engendra simultaneamente as noções de espaço e de tempo. No que concerne ao espaço, têm-se criticado os ingleses por terem cometido um erro lógico, pretendendo explicar a sua ideia através de uma simples série de esforços e de sensações musculares, das quais apreciamos a intensidade, a velocidade e a *direção*. Postular a "direção", com efeito, já não é pressupor e postular o próprio espaço que se tratava de engendrar em nosso espírito? Mas, se a palavra "direção" é efetivamente bastante infeliz, podemos substituí-la por *intenção*. A intenção não pressupõe a ideia do espaço; ela supõe apenas as imagens de sensações agradáveis ou penosas, com os esforços motores para realizar as primeiras ou evitar as segundas. O animal que representa sua presa, ou mesmo que a vê, não tem necessidade de pensar o espaço nem a direção para ter a intenção de engoli-la e para começar os esforços motores necessários. Direção, na origem, é simplesmente intenção, ou seja, imagem de um prazer ou de uma dor e das circunstâncias concomitantes, e depois inervação motora. Da *intenção*, pouco a pouco consciente de si e de seus efeitos, sairá a *direção* propriamente dita e, com ela, a *extensão*.

Acontece o mesmo com o tempo. O futuro, na origem, é o *devendo ser*, é aquilo que não tenho e de que tenho desejo ou necessidade, é aquilo que eu trabalho para possuir. Como o presente se reduz à atividade consciente e fruidora de si, o futuro se reduz à atividade tendendo para outra coisa, buscando aquilo que lhe falta. Quando a criança tem fome, ela chora e estende os braços para sua ama: eis aí o germe da ideia de futuro. Toda necessidade implica a possibilidade de satisfazê-la; o conjunto dessas possibilidades é aquilo que nós designamos sob o nome de futuro. Um ser que não desejasse nada, que não aspirasse a nada, veria o tempo fechar-se diante dele. Nós estendemos a mão, e o espaço se abre diante de nós, o espaço que olhos imóveis não poderiam apreender com a sucessão de seus planos e a multiplicidade de suas dimensões. Ocorre o mesmo com o tempo: é preciso desejar, é preciso querer, é preciso estender a mão e caminhar para criar o futuro. O *futuro* não é *aquilo que vem em nossa direção*, mas *aquilo para onde nós vamos*.

Na origem, o curso do tempo é, portanto, apenas a distinção entre o desejado e o possuído, que se reduz ela mesma à intenção seguida de um sentimento de satisfação. A intenção, com o esforço que a acompanha, é o primeiro germe das ideias vulgares de causa eficiente e de causa final. É por uma série de abstrações científicas que se consegue substituí-las pelas ideias de sucessão constante, de antecedente e de consequente invariáveis, de determinismo e de mecanicismo regular. Na origem, as ideias de causa e finalidade têm um caráter de antropomorfismo ou, se quisermos, de fetichismo: elas são o transporte para fora de nós da força muscular (causa eficiente) e da intenção (causa final). Essas noções metafísicas têm, na origem, uma significação não apenas totalmente humana, mas totalmente animal, porque a necessidade a ser satisfeita e a inervação motora são as expressões da vida em todo animal. É a relação entre esses dois termos que, segundo pensamos, engendrou, antes de qualquer coisa, a consciência do tempo. Esse último foi, na origem, de alguma maneira, apenas o intervalo consciente entre a necessidade e sua satisfação, a distância entre "a taça e os lábios".

Hoje em dia, os psicólogos são tentados a inverter a ordem da gênese do tempo. Repletos com suas ideias muito científicas e muito modernas sobre a causalidade, eles nos dizem: a causa eficiente se reduz, para o entendimento, a uma simples sucessão do antecedente e do consequente, segundo uma ordem invariável ou mesmo necessária. A causa final se reduz do mesmo modo a uma relação do antecedente e do consequente, a uma sucessão. Depois, quando os psicólogos chegam à questão do tempo, eles continuam a colocar a ideia de sucessão na própria raiz da consciência: eles fazem que essa última consista em um ritmo de antecedentes e de consequentes apreendido em flagrante. Desde então, o *prius** e o *posterius***, o *non simul****, tornam-se uma relação constitutiva da "própria representação", uma "forma da representação", e uma forma *a priori*. Segundo pensamos, essa teoria põe ideias científicas – chegadas demasiadamente

---

* Antes. (N. T.)
** Depois. (N. T.)
*** Não simultâneo. (N. T.)

tarde – no lugar dos fetiches primitivos da consciência, que são a força ou causa eficiente e a finalidade ou causa final. O animal só pratica a filosofia de Maine de Biran: ele sente e faz esforço, ele ainda não é bastante matemático para pensar na *sucessão*, menos ainda na *sucessão constante*, e ainda bem menos na *sucessão necessária*. A relação entre o antecedente e o consequente, entre o *prius* e o *posterius*, só se desembaraçará na sequência através de uma análise refletida.

Isso quer dizer que o tempo já estaria, embrionariamente, na consciência primitiva? Ele está lá sob a forma da força, do esforço e, quando o ser começa a se dar conta daquilo que ele quer, da *intenção*. Mas, então, o tempo está totalmente englobado na sensibilidade e na atividade motora e, por isso mesmo, ele é a mesma coisa que o espaço. O futuro é aquilo que está *diante* do animal e que ele *busca* agarrar. O passado é aquilo que está *atrás* e que ele não vê mais. Em lugar de fabricar sabiamente o espaço com o tempo, como faz Spencer, ele fabrica grosseiramente o tempo com o espaço. Ele só conhece o *prius* e o *posterius* da extensão. Meu cão, de dentro da sua casinha, percebe diante dele a tigela cheia que lhe trago: eis aí o futuro. Ele sai, aproxima-se e, à medida que avança, as sensações da casinha afastam-se, quase desaparecem, porque a casinha agora está atrás dele e porque ele não mais a vê: eis aí o passado.

Em suma, a *sucessão* é um abstrato do *esforço motor* exercido no *espaço*. Esforço que, tornado consciente, é a *intenção*.

Na consciência do adulto, a ideia de intenção, de fim, de finalidade, permanece o elemento essencial para classificar as lembranças. Se tivéssemos simplesmente consciência de cada ação em particular, sem agrupar essas diversas ações em torno de várias finalidades distintas, o quanto a memória nos seria difícil! Ao contrário, sendo dada a ideia de finalidade, nossas diversas ações tornam-se uma série de meios, ordenam-se, organizam-se com relação à finalidade perseguida, de modo a satisfazer um Aristóteles ou um Leibniz. Se quero ir à América, segue-se daí que quero primeiramente atravessar o mar e, para isso, quero embarcar no Havre ou em Bordeaux. Todas essas vontades se encadeiam umas às outras em uma ordem lógica, e todas as lembranças às quais elas darão nascimento se encontrarão ao mesmo tempo encadeadas. Existe na vida uma certa lógica, e é essa lógica que permite a lembrança. Onde reinam o ilógico e o imprevisto, a memória perde muito da sua facilidade de apreensão. A vida absolutamente sem lógica seria parecida com esses maus dramas, em que os diversos acontecimentos não estão ligados e de onde só se extraem imagens confusas, que se dissolvem umas nas outras.

A *intenção*, a finalidade perseguida, culmina sempre em uma *direção* no espaço e consequentemente em um movimento; pode-se, portanto, dizer que o tempo é uma abstração do movimento, da χινησις, uma fórmula através da qual resumimos um conjunto de sensações ou de esforços distintos uns dos outros. Quando dizemos: "esse povoado está a duas horas daqui", o tempo é apenas uma simples medida da *quantidade de esforços* necessária para atingir através do espaço o povoado em questão. Essa fórmula não contém nada a mais que esta outra: esse povoado está a tantos milhares de passos. Ou que esta outra mais abstrata: ele está a tantos quilômetros. Ou, por fim, que esta outra mais psicológica: ele está a tantos esforços musculares. A própria ideia do movimento se reduz, para a consciência, à concepção de um certo número de sensações de esforço muscular e de resistência dispostas segundo uma linha entre um ponto do espaço onde se está e um outro ponto onde se *quer* estar. Por que essa ideia, na origem, pressuporia a ideia de tempo? Eu dou vários passos em uma determinada direção: para isso foram necessários esforços musculares análogos às sensações diferentes ao longo de todo o caminho. Eis aí a noção primitiva do movimento. Acrescentem que, se os diversos passos estão sendo dados com uma *intenção* determinada – em direção aos frutos de uma árvore, por exemplo –, os grupos de sensações que experimentei se dispõem em minha imaginação segundo uma linha, uns aparecendo em um determinado ponto com relação à árvore, outros, em outro ponto. Eis aí, ao mesmo tempo, o embrião da ideia de tempo e da ideia de movimento no espaço.

Se vou do ponto A para o ponto B e volto do ponto B para o ponto A, obtenho assim duas séries de sensações, de que cada termo corresponde a um dos termos da outra série. Apenas esses termos correspondentes se encontram ordenados em meu espírito, algumas vezes em relação ao ponto B, tomado como finalidade, outras vezes em relação ao ponto A. Só tenho, então, que aplicar as duas séries uma sobre a outra, virando-as, para que elas coincidam perfeitamente de uma ponta à outra. Essa total coincidência entre dois grupos de sensações, como se sabe, é o que melhor distingue o espaço do tempo. Quando não considero essa coincidência possível ou real, tenho na memória apenas uma série de sensações, organizadas segundo uma ordem de clareza. A ideia de tempo é produzida por um acúmulo de sensações, de esforços musculares, de desejos penosamente organizados. As mesmas sensações repetidas, os esforços repetidos no mesmo sentido, com a mesma intenção, constituem uma série cujos primeiros termos são menos distintos e os últimos, mais; assim estabelece-se uma perspectiva interior que vai para frente, em direção ao futuro.

O passado não é senão esta perspectiva revirada: é o ativo tornado passivo, é um resíduo em lugar de ser uma antecipação e uma conquista. À medida que despendemos nossa vida, produz-se no fundo de nós mesmos, como nessas bacias de onde se faz evaporar a água do mar, uma espécie de depósito em camadas regulares de tudo aquilo que se mantinha em suspensão no nosso pensamento e na nossa sensibilidade. Essa cristalização interior é o passado. Se a onda é muito agitada, o depósito faz-se irregularmente através de massas confusas; se ela é bastante calma, ele adquire formas regulares.

O tempo passado é um fragmento do espaço transportado em nós; ele é figurado pelo espaço. É impossível modificar a disposição das partes do espaço: não se pode pôr à direita aquilo que está à esquerda, e na frente aquilo que está atrás. Ora, todas as imagens que a lembrança nos dá, estando vinculadas a alguma sensação no espaço, imobilizam-se assim, formando uma série da qual não podemos substituir os diversos termos uns pelos outros.

Assim, qualquer imagem fornecida pela lembrança só pode ser bem localizada, colocada no passado, com a condição de poder se localizar em um determinado ponto do espaço, ou ainda de estar associada a alguma outra imagem que ali se localize[1]. Sem estar associada a pequenas circunstâncias, qualquer lembrança nos aparecerá como uma criação. Terei sido eu quem imaginei e que escrevi em alguma parte "A folha canta", expressão pitoresca que encontro neste momento na minha memória? A partir dessa interrogação, surge uma multiplicidade de lembranças: palavras latinas associam-se às palavras francesas. A essas palavras associa-se um nome, o de Lucrécio. Por fim, se eu tiver boa memória, chegarei a ponto de rever o velho livrinho esfrangalhado no qual li outrora a expressão de Lucrécio: *frons canit*.

---

1. Retornaremos, mais adiante, ao mecanismo de sua localização.

Em suma, é o jogo dos sentimentos, dos prazeres e das dores que organizou a memória como representação *presente* do *passado*, e dividiu assim o tempo em partes distintas. Eu tenho sede, bebo em um riacho. Um quarto de hora depois, revejo o riacho que, por associação, recorda minha sede, mas, na realidade, não tenho mais sede e a água fresca não me tenta de modo algum. E, no entanto, minha representação é distinta, ela tem um testemunho: o riacho que matou minha sede. Assim, afirma-se a lembrança em face da realidade atual, o passado em face do presente. O próprio animal que bebeu no riacho começa a ter na cabeça compartimentos distintos para o passado e para a sensação presente.

Esse sentimento do passado não tem, antes de tudo, nada de abstrato nem de científico. Ele está associado com a sensação de prazer que nós experimentamos ao reencontrar as coisas já conhecidas. Após ter feito um cão viajar, leve-o de volta para sua casa e ele dará pulos de prazer. Do mesmo modo um rosto conhecido fará uma criança sorrir, ao passo que um rosto desconhecido lhe causará medo. Existe uma diferença apreciável, para a sensibilidade, entre ver e rever, entre descobrir e reconhecer. O hábito produz sempre uma certa facilidade na percepção, e essa facilidade engendra um prazer. O hábito já basta, por si só, para criar uma certa ordem: poderíamos dizer, talvez, que toda a sensação de desordem provém da falta de costume.

A massa confusa e obscura de nossas lembranças acumuladas se parece com essas grandes florestas que são percebidas a distância como uma única massa escura; quando nelas penetramos, distinguimos longas aberturas sob as árvores, moitas, clareiras, perspectivas nas quais os olhos se perdem. Logo, observamos pontos de referência que podem ser reconhecidos: habituamo-nos a andar por ali sem temor e sem hesitação. Todas essas grandes árvores em desordem se organizam no espírito e nele se dispõem de acordo com associações fixas. No início, não há nada além das lembranças passivamente conservadas, de onde se segue a confusão da qual falamos; portanto, não há nenhuma ideia clara do passado em oposição ao presente e ao futuro. Depois vêm a imaginação e a inteligência, que jogam com as imagens e as ideias, pondo-as aqui ou ali segundo a sua vontade, sonhando um mundo de acordo com os nossos desejos. Então, produz-se um contraste entre a imaginação ativa e a lembrança presente, que não pode ser modificada tão facilmente, que permanece ancorada em uma massa de associações da qual não é possível destacá-la. Produz-se, então, em nós, a cisão: a imaginação passiva ou memória distingue-se da imaginação ativa.

Vimos que o sentimento do tempo provém, em parte, do sentimento da diferença, mas não existem tantas diferenças quantas se poderia acreditar entre as nossas sensações – ou, antes, a diferença de grau não exclui uma certa unidade de forma. As sensações entram em um certo número de espécies; segundo elas, são provenientes do meu braço, da minha perna, da minha cabeça etc. Em um dia, ou mesmo em toda uma época da vida, existe, na maior parte das vezes, uma ou várias espécies de sensações dominantes; daí a unidade na variedade. Ainda há pouco, enquanto eu escrevia, minha memória representou-me subitamente a imagem de uma pequena ravina sombreada por pinheiros e caniços. Quando, pois, passeei por ali? – perguntei-me. E sem hesitação, embora após um tempo matematicamente considerável, esta resposta interior me chega: ontem. Como, pois, reconheci imediatamente que foi ontem? Refletindo sobre isso, observo que a lembrança desse passeio está associada à sensação de dor de cabeça; ora, ainda sofro com essa dor neste mesmo momento: é por isso que a localização no tempo foi muito rápida. Sob os diversos acontecimentos do meu dia, encontra-se, assim, uma sensação contínua que os liga entre si. Outras vezes, é um grupo de sensações que aderem umas às outras. Mas a lembrança exata, para ser possível, exige sempre que as sensações mais heterogêneas sejam ligadas entre si por outras que o sejam menos.

A distinção entre o passado e o presente é de tal modo relativa que qualquer imagem longínqua fornecida pela memória, quando a fixamos com atenção, não tarda a aproximar-se, a aparecer como recente: ela ocupa seu lugar no presente. Estou em um pequeno caminho que não percorria há dois anos. O caminho serpenteia sob as oliveiras, nos flancos de uma montanha, com o mar ao fundo. À medida que avanço, reconheço tudo o que vejo; cada árvore, cada rochedo, cada casinha me diz alguma coisa. Aquele grande pico lá longe recorda-me pensamentos esquecidos; em mim eleva-se todo um ruído confuso de vozes que me cantam o passado já distante. Mas esse passado estará tão distante quanto eu acredito? Esse longo espaço de dois anos, tão repleto de acontecimentos de todo o tipo e que se interpõe entre as minhas lembranças e as minhas sensações, traz a mim a sensação de que ele se encurta a olhos vistos. Parece-me que tudo isso foi ontem ou anteontem; sou levado a dizer: no outro dia. Por quê, se não for pelo fato de que o sentimento do passado nos é dado pelo enfraquecimento das lembranças? Ora, todas as minhas lembranças, sendo despertadas sob a influência desse meio novo, reentrando – por assim dizer – no mundo das sensações que as produziram, adquirem uma força considerável: elas se tornam, como se diz, *presentes* para mim. Se eu tivesse comigo o cão montanhês que me acompanhava antigamente nos meus passeios, ele reconheceria evidentemente esse caminho como eu, ele teria prazer em encontrar-se novamente ali, abanaria a cauda e daria pulos. E como ele não mede o tempo matematicamente segundo o curso dos astros, mas sim empiricamente segundo a força das suas lembranças, lhe pareceria, talvez, que ele passou muito recentemente por esse caminho.

Existem sonhos dos quais nos lembramos um dia, de repente, sem poder vinculá-los a nada. Estamos prontos, então, a confundi-los com uma realidade, desde que eles não sejam inverossímeis nem apresentem a confusão habitual dos sonhos. Mas, não sabendo onde colocá-los, procuramos em vão vinculá-los à imagem de algum objeto qualquer. Impossível. Existem determinadas imagens produzidas no sonho e, por vezes, durante a vigília – na vaga de um pensamento indiferente – das quais não se pode de nenhuma maneira determinar a época. Se ainda as projetamos no passado, é por um simples hábito e também por causa do enfraquecimento de seus contornos.

Traçamos, em seu conjunto, a gênese da ideia de tempo. Mostramos sua origem totalmente empírica e derivada. A ideia de tempo, assim como a de espaço, é empiricamente o resultado da adaptação de nossa atividade e de nossos desejos a um mesmo meio desconhecido, talvez incognoscível. O que é que corresponde fora de nós àquilo que chamamos de tempo e de espaço? Não sabemos nada a respeito disso; mas o tempo e o espaço não são categorias totalmente prontas e, de alguma maneira, preexistentes à nossa atividade, à nossa inteligência. Desejando e agindo na direção de nossos desejos, nós criamos ao mesmo tempo o espaço e o tempo. Nós vivemos e o mundo – ou aquilo que chamamos assim – se faz diante dos nossos olhos. Assim, é sobretudo a energia da vontade que produz a tenacidade da memória, pelo menos naquilo que concerne aos acontecimentos. Lá, onde o nosso eu está interessado, seja porque ele tome a dianteira e aja sobre as coisas, seja porque as coisas, agindo violentamente sobre ele, incitem uma reação proporcional, a lembrança fixa-se, aprofunda-se, fornece a si própria uma energia que persiste através da duração.

O desejo envolve embrionariamente a ideia de possibilidade, e essa ideia de possibilidade, opondo-se à de realidade, torna-se um "antecedente", ou seja, alguma coisa ideal e imaginada que precede a aparição viva do real. O desejo, aliás, é um movimento começado, e o movimento começado é o desfile de imagens que se desenrola, o desfile de cenas no espaço e de posições sucessivas.

As condições da memória e da ideia de tempo são, portanto:

1º) variedade das imagens;
2º) associação de cada uma a um lugar mais ou menos definido;
3º) associação de cada uma a alguma intenção e ação, a algum fato interior mais ou menos *emotivo* e de uma *tonalidade* agradável ou penosa, como dizem os alemães. Resulta de tudo isso um ordenamento espontâneo das imagens em forma serial e *temporal*.

É o movimento no espaço que cria o tempo na consciência humana. Sem movimento, não existe tempo. A ideia de movimento se reduz a duas coisas: força e espaço; a ideia de força se reduz à ideia de atividade, a ideia de espaço se reduz a uma exclusão mútua das atividades, que faz que elas resistam umas às outras e se ordenem de uma determinada maneira. Esse modo de distribuição no qual as coisas são não somente distintas, mas também *distantes*, é o espaço. O tempo (objetivamente) se reduz às mudanças necessárias no espaço, mudanças que figuramos algumas vezes por linhas sem fim e outras vezes por linhas fechadas (*períodos*).

Capítulo 4

O tempo e a memória, a lembrança e o fonógrafo. – O espaço como meio de representação do tempo

I*

O raciocínio por analogia tem uma importância considerável na ciência. E se a analogia é o princípio da indução, talvez ela constitua mesmo o fundamento de todas as ciências físicas e psicofísicas. Muitas vezes, uma descoberta começou por uma metáfora. A luz do pensamento praticamente só pode se projetar em uma nova direção e iluminar os cantos escuros com a condição de ser enviada para lá através de superfícies já luminosas. Não ficamos surpreendidos quando algo nos recorda alguma coisa totalmente diferente dele. Compreender é, ao menos em parte, lembrar-se.

Para tentar compreender as faculdades, ou melhor, as funções psíquicas, têm-se usado muitas comparações, mui-

---
* A primeira parte deste capítulo foi publicada na *Revue philosophique de la France et de l'étranger* (tomo IX, 1880, p. 319-22), com o título "La mémoire et le phonographe". (N. T.)

tas metáforas. Aqui, com efeito, no estado ainda imperfeito da ciência, a metáfora é de uma necessidade absoluta: antes de *saber*, é preciso começar por *imaginar*. Assim, o cérebro humano foi comparado a muitos objetos diversos. Segundo Spencer, ele tem alguma analogia com esses pianos mecânicos que podem reproduzir um número indefinido de músicas. Taine faz dele uma espécie de tipografia fabricando sem cessar e colocando na reserva inumeráveis clichês. Mas todos esses termos de comparação parecem ainda um pouco grosseiros. Toma-se geralmente o cérebro no estado de repouso. Considera-se nele as imagens como fixadas, *estereotipadas*. Isso não é exato. Não há nada pronto no cérebro, não existem imagens reais, mas somente imagens virtuais, potenciais, que só esperam um sinal para passarem ao ato. Resta saber como se produz essa passagem para a realidade. A parte reservada à dinâmica em oposição à estática é aquilo que existe de mais misterioso no mecanismo cerebral. Seria necessário, portanto, um termo de comparação em que se visse não somente um objeto receber e conservar uma impressão, mas essa própria impressão reviver em um dado momento do tempo e reproduzir no objeto uma nova vibração. Talvez, depois de refletir, o instrumento mais delicado, receptáculo e motor ao mesmo tempo, com o qual seria possível comparar o cérebro humano, seria o fonógrafo recentemente inventado por Edison. Já fazia algum tempo que pensávamos em indicar essa possível comparação, quando encontramos, em um artigo de Delboeuf sobre a memória, esta frase lançada de passagem que nos confirma em nossa intenção: "A alma é um caderno de folhas fonográficas".

Quando se fala diante do fonógrafo*, as vibrações da voz são transmitidas a uma ponteira que escava em uma placa de metal linhas correspondentes ao som emitido, sulcos desiguais, mais ou menos profundos segundo a natureza dos sons. É provavelmente de uma maneira análoga que linhas invisíveis são traçadas incessantemente nas células do cérebro, formando os leitos das correntes nervosas. Quando, depois de um certo tempo, a corrente vem a reencontrar um desses leitos prontos, por onde ela já passou, ela penetra novamente nele. Então, as células vibram como vibraram uma primeira vez, e a essa vibração similar corresponde psicologicamente uma sensação ou um pensamento que é análogo à sensação ou ao pensamento esquecido.

Esse seria então o fenômeno que se produz no fonógrafo quando, sob a ação da ponteira percorrendo os sulcos precedentemente escavados por ela mesma, a pequena placa de cobre põe-se a reproduzir as vibrações que ela já executou: essas vibrações se tornam novamente para nós uma voz, palavras, canções e melodias.

---

* Os primeiros fonógrafos serviam, ao mesmo tempo, para gravar e reproduzir os sons. (N. T.)

Se a placa fonográfica tivesse consciência de si própria, poderia dizer, quando lhe fizessem reproduzir uma canção, que ela se lembrava dessa canção. E aquilo que nos parece o efeito de um mecanismo pareceria para ela, talvez, uma faculdade maravilhosa.

Acrescentemos que ela distinguiria as canções novas daquelas que já executou, as sensações recentes das simples lembranças, o presente do passado. As primeiras impressões, com efeito, escavam com esforço um leito no metal ou no cérebro. Elas encontram mais resistência e têm, consequentemente, necessidade de empregar mais força: quando elas passam, fazem tudo vibrar mais profundamente. Ao contrário, se a ponteira, em lugar de traçar sobre a placa um novo caminho, seguir as vias já traçadas, ela o fará com maior facilidade: ela deslizará sem apoiar-se. Dizemos: a ladeira da lembrança, a ladeira do devaneio; seguir uma lembrança, com efeito, é se deixar ir suavemente como se fosse ao longo de uma ladeira, é esperar por um certo número de imagens prontas que se apresentam uma depois da outra, em fila, sem abalos. Daí, entre a sensação presente e a lembrança do passado, existir uma diferença profunda. Todas as nossas impressões se ordenam habitualmente em duas classes: umas têm uma maior intensidade, uma clareza de contornos, uma firmeza de linhas que lhes é própria; outras são mais apagadas, mais indistintas, mais fracas e, entretanto, encontram-se dispostas em uma determinada ordem que se impõe a nós. *Reconhecer* uma imagem é ordená-la na segunda das duas classes, que é a do tempo. *Sentimos*, então, de uma maneira mais fraca, e temos a consciência de sentir dessa maneira. É nessa consciência: 1º) da intensidade menor de uma sensação; 2º) de sua maior facilidade; e 3º) do laço que a vincula de antemão a outras sensações que consiste a lembrança. E é também por aí que se produz a perspectiva do tempo. Do mesmo modo como um olho experimentado distingue uma cópia do quadro de um mestre, nós aprendemos a distinguir uma lembrança de uma sensação presente, e sabemos discernir a lembrança antes mesmo que ela seja localizada em um tempo ou em um lugar preciso. Projetamos uma determinada impressão no passado antes de saber a qual período do passado ela pertence. É porque a lembrança conserva sempre um caráter próprio e distintivo, como uma sensação vinda do estômago difere de uma sensação da vista ou do ouvido. Do mesmo modo, o fonógrafo é incapaz de reproduzir a voz humana com toda a sua potência e o seu calor: a voz do aparelho permanece sempre aguda e fria. Ela tem alguma coisa de incompleto, de abstrato, que faz que possa ser distinguida. Se o fonógrafo pudesse ouvir a si mesmo, ele aprenderia a reconhecer a diferença entre a voz vinda do exterior, que se imprime nele pela força, e a voz que ele próprio emite, simples eco da primeira que encontra um caminho já aberto.

Existe ainda essa outra analogia entre o fonógrafo e o nosso cérebro: é que a rapidez das vibrações transmitidas ao aparelho pode modificar notavelmente o caráter dos sons reproduzidos ou das imagens evocadas. No fonógrafo, vocês podem fazer uma melodia passar de uma oitava para outra conforme sejam comunicadas à placa vibrações mais ou menos rápidas: girando mais rápido a manivela, vocês verão uma mesma canção elevar-se das notas mais graves e mais indistintas às notas mais agudas e mais penetrantes. Não seria possível dizer que um efeito análogo se produz no cérebro quando, fixando nossa atenção sobre uma lembrança primeiramente confusa, nós a tornamos pouco a pouco mais clara e a fazemos, por assim dizer, subir um ou vários tons? Esse fenômeno não poderia, ele também, ser explicado pela rapidez e pela força maiores ou menores das vibrações de nossas células? Existe em nós uma espécie de escala de lembranças; incessantemente as imagens sobem e descem ao longo dessa escala, evocadas ou rechaçadas por nós, algumas vezes vibrando nas profundezas de nosso ser e formando como um "pedal*" confuso, outras vezes estridente, com sonoridade acima de todas as outras. Segundo elas dominem assim ou se apaguem, parecem se aproximar ou afastar de nós, e vemos por vezes a duração que as separa do instante presente alongar-se ou encurtar-se. Uma determinada impressão que experimentei há dez anos e que, renascendo em mim com uma nova força,

---

* Na harmonia musical, um ou mais sons que fazem necessariamente parte de um acorde e que se sustentam ou se repetem com persistência por dois ou mais compassos, e até mesmo através de toda uma peça. (N. T.)

sob a influência de uma associação de ideias ou simplesmente da atenção e da emoção, não me parece datar mais do que de ontem: assim, os cantores produzem os efeitos de distância baixando a voz, e eles têm apenas que elevá-la para parecerem se aproximar.

Poderíamos multiplicar infinitamente essas analogias. A diferença essencial entre o cérebro e o fonógrafo é que, na máquina ainda grosseira de Edison, a placa de metal permanece surda para si mesma. A tradução do movimento em consciência não se realiza. Essa tradução é precisamente a coisa maravilhosa, e é aquilo que se produz incessantemente no cérebro. Resta assim sempre um mistério, mas esse mistério é, em um ponto de vista, menos espantoso do que parece. Se o fonógrafo pudesse escutar a si mesmo, isso talvez fosse menos estranho que pensar que o escutamos. Ora, de fato, nós o escutamos; de fato, suas vibrações traduzem-se em nós por sensações e pensamentos. É preciso, portanto, admitir uma transformação sempre possível do *real* do movimento em pensamento[1]: transformação bem mais verossímil quando se trata de um movimento interior ao cérebro, mesmo que de um movimento vindo de fora. Desse ponto de vista, não seria por demais inexato nem por demais estranho definir o cérebro como um fonógrafo infinitamente aperfeiçoado, um fonógrafo consciente.

---

1. Não estamos falando do próprio movimento, concebido como mudança de relações.

II

Se agora passamos do ponto de vista mecânico para o ponto de vista psicológico, repetiremos primeiramente que compreender, segundo a escola inglesa, é distinguir. Reduz-se assim a inteligência à *discriminação*; e é à mesma faculdade que é possível reduzir-se psicologicamente a memória. Lembrar-se é distinguir uma sensação passada (imagem enfraquecida) de uma outra sensação passada (imagem enfraquecida) e ao mesmo tempo distingui-las das sensações presentes. Busquemos, portanto, a oposição que pode existir entre a sensação e a representação ou a concepção mnemônica.

Tem-se sustentado que "a concepção atual" de um objeto pela imaginação e pela memória não é possível "durante o tempo em que esse objeto age sobre a nossa sensibilidade". "A percepção e a concepção de um mesmo objeto não podem existir simultaneamente na consciência: a percepção apagaria completamente a concepção. A realidade é absorvente e ciumenta: toda idealidade desaparece diante dela, do mesmo modo que as estrelas diante do sol." Delboeuf, em apoio a essa tese, invoca a experiência. Tentem representar vivamente um quadro que lhes é familiar. A coisa será fácil se vocês fecharem os olhos. A imagem poderá até mesmo adquirir um estado de intensidade capaz de quase iludi-los. Um pintor pode fazer um retrato de memória. Se vocês mantiverem os olhos bem abertos, o esforço a ser feito já será mais penoso. Vocês deverão, por assim dizer, pelo poder da sua vontade, anular o seu poder visual, "ficar cegos" com relação às coisas que poderiam atrair a sua atenção. Se vocês fixarem o olhar sobre um determinado objeto – uma gravura, por exemplo –, lhes será quase impossível ver o seu quadro na ideia. "Vocês não conseguirão isso de nenhuma maneira", diz Delboeuf, "mesmo se tiverem esse quadro diante de vocês e olharem para ele". Existe aí, segundo pensamos, um grande exagero. É verdade que a percepção e a concepção de um mesmo objeto se embaraçam naquilo que elas têm de diferente e tendem a confundir-se ou mesmo confundem-se naquilo que elas têm de idêntico. Mas, nem por isso, é menos verdadeiro que existe superposição de uma imagem a uma percepção e que se tem consciência da coincidência, da adaptação.

Delboeuf cita ainda o exemplo de quem canta mentalmente uma canção conhecida. O barulho põe um certo entrave nisso. Mas uma canção diferente, que se faz ouvir nas proximidades, atrapalha muito mais. E isso aumenta na medida em que, pelo movimento e pelo ritmo, ela se aproxima daquela que se escolheu. Por fim, "se existe identidade entre os dois cantos, as tentativas que forem feitas para escutar as notas interiores serão completamente vãs". Sim, as tentativas para separar e distinguir a representação da percepção no próprio momento em que elas se superpõem;

mas a dificuldade de representar a sensação de um objeto presentemente sentido não é uma impossibilidade.

Delboeuf, pelas considerações precedentes, é levado a rejeitar a chamada lei de semelhança, em virtude da qual o semelhante evocaria a lembrança do semelhante. Ele não nega que um retrato recorde o original. Apenas, do original, o retrato evoca não os traços que ele reproduz, mas precisamente aqueles que ele não reproduz. Por exemplo, como o retrato é imóvel e mudo, diremos "que esperamos vê-lo gesticular, ouvi-lo falar"; acontece todos os dias que, estando na presença de uma pessoa pela segunda vez, vocês se lembrem de tê-la visto uma primeira vez. "Para falar com exatidão, vocês se lembram da primeira vez que a viram." Com efeito, o objeto próprio da lembrança são as circunstâncias em que vocês a encontraram outrora, enquanto diferentes daquelas em que vocês a encontram hoje. Vocês se lembram do salão onde ela estava, das pessoas com quem ela conversava, da roupa que ela vestia. Vocês observarão que ela estava mais jovem ou mais magra, ou com mais saúde. Em poucas palavras, "vocês não rememorarão de nenhuma maneira os traços ou as circunstâncias identicamente semelhantes. Como, aliás, poderiam fazê-lo, visto que vocês as têm diante dos olhos?". Daí, Delboeuf tira a seguinte conclusão: a percepção de uma coisa percebida anteriormente põe em movimento um ou vários estados periféricos anteriores que, nos pontos em que eles se distinguem do estado periférico atual, dão lugar a concepções. O espírito julga que os objetos dessas concepções estão ausentes porque as suas imagens são pálidas comparadas com as dos objetos presentes pelos quais está cercada a coisa que provoca a lembrança. Tal é, segundo ele, a exata significação das leis de semelhança e de contraste que alguns psicólogos fazem erradamente figurar entre as leis de associação. A semelhança suscita a lembrança das diferenças. A imagem presente, enquanto idêntica à imagem passada, faz reaparecer o antigo quadro enquanto diferente do novo.

Sem rejeitar assim a associação por semelhança, pensamos, como Delboeuf, que é, com efeito, o quadro que é importante na lembrança. E esse quadro é, antes de mais nada, um lugar que provoca a lembrança de uma data. Lembrar-se é, com efeito, recolocar uma imagem presente em um tempo e em um meio. É "reencontrar no atlas a folha e o local exatos onde ela está gravada". Esse atlas do tempo, segundo pensamos, tem como folhas os espaços, os lugares e as cenas locais. A imagem de um objeto passado, refletida por um objeto semelhante e presente, faz reaparecer, sob uma forma enfraquecida, uma determinada página do atlas, ou seja, um determinado lugar com uma determinada cena, e nós dizemos então que *reconhecemos* o objeto. Além disso, como as páginas são numeradas mais ou menos vagamente, de acordo com o seu distanciamento e com as suas relações mútuas, nós transformamos as cenas locais em cenas temporais e lhes designamos uma data, se isso nos for possível. O espaço, aqui, é sempre o primeiro iniciador.

Taine e Ribot mostraram muito bem como acabamos por localizar de maneira precisa as imagens no tempo. Teoricamente, dizem eles, só temos uma maneira de proceder: determinar as posições no tempo como se determinam as posições no espaço, ou seja, em relação a um *ponto fixo* que, para o tempo, é o nosso estado presente. Taine e Ribot insistem, com razão, sobre o fato de que o presente – como nós mesmos dissemos ainda há pouco – é um estado *real*, que já tem sua *quantidade de duração*. Tão breve quanto ele seja, o presente não é um relâmpago, um nada, uma abstração análoga ao ponto matemático: ele tem um começo e um fim, além disso, seu começo não nos aparece como um começo absoluto. Ele toca em alguma coisa, com a qual forma uma continuidade. É aquilo que Taine chama de "as duas extremidades de uma imagem". Quando lemos ou escutamos uma frase – diz também Ribot –, na quinta palavra, por exemplo, ainda resta alguma coisa da quarta. Cada estado de consciência só se apaga progressivamente: ele deixa um prolongamento análogo àquele que a óptica fisiológica chama de uma imagem consecutiva (e melhor ainda, em outras línguas: *after-sensation* ou *Nachempfindung*). Por esse fato, a quarta e a quinta palavras estão em continuidade, o fim de uma toca o começo da outra. Eis aí – tanto para Ribot quanto para Taine – o ponto capital. Existe uma contiguidade, não indeterminada – consistindo no fato de que duas extremidades *quaisquer* se toquem –, mas consistindo no fato de que "a extremidade *inicial*" do estado atual toque "a extremidade *final* do estado anterior". Se esse simples fato é bem compreendido, o mecanismo *teórico* da localização no tempo o será da mesma maneira, segundo Ribot, porque a passagem regressiva pode ser feita igualmente da quarta palavra para a terceira e assim por diante, e como cada estado de consciência tem a sua quantidade de duração, "o número dos estados de consciência assim percorridos regressivamente e sua quantidade de duração dão a posição de um estado qualquer em relação ao presente, seu distanciamento no tempo". Tal é o mecanismo teórico da localização: "uma marcha regressiva que, partindo do presente, percorre uma série de termos mais ou menos longa".

Na prática – como todos os psicólogos têm observado –, nós recorremos a procedimentos mais simples e mais rápidos. Bem raramente fazemos essa corrida regressiva através de todos os intermediários, e raramente através da maior parte deles. Nossa simplificação consiste primeiramente no emprego de *pontos de referência*. Ribot dá um exemplo disso: "Em 30 de novembro, espero um livro do qual tenho grande necessidade. Ele deve chegar de longe, e a expedição demora pelo menos vinte dias. Será que o encomendei em tempo útil? Depois de algumas hesitações, lembro-me de que a minha encomenda foi feita na véspera de uma pequena viagem da qual eu posso fixar a data de uma maneira precisa: domingo, 9 de novembro. A partir daí, a lembrança está completa". O estado de consciência principal – a encomenda do livro – é primeiramente lançado no passado de uma maneira indeterminada. Ele desperta estados secundários: comparado com eles, coloca-se algumas vezes antes, outras vezes depois. "A imagem viaja" – como diz Taine – "com diversos deslizamentos para frente e para trás, sobre a linha do passado. Cada uma das frases pronunciadas mentalmente foi como colocar pesos nos pratos de uma balança." Na sequência de oscilações mais ou menos longas, a imagem encontra finalmente o seu lugar; ela é fixada, ela é reconhecida. Nesse exemplo, a lembrança da viagem é aquilo que Ribot chama de seu "ponto de referência". O ponto de referência é um acontecimento, um estado de consciência do qual conhecemos bem a posição no tempo, ou seja, o distanciamento em relação ao momento atual, e que nos serve para medir os outros distanciamentos. "É um estado de consciência que, por sua intensidade, luta melhor do que outros contra o esquecimento, ou que, por sua complexidade, é de natureza a suscitar muitas relações, a aumentar as chances de revivescência. Esses pontos de referência não são escolhidos arbitrariamente, eles se impõem a nós." Acrescentamos, da nossa parte, que eles são sempre tomados na extensão ou ligados à extensão. Assim, a viagem da qual fala Ribot era uma série de cenas no espaço. Mesmo se tomamos como ponto de referência alguma grande dor moral ou alguma grande alegria, essa dor ou essa alegria estão inevitavelmente localizadas no espaço, e é somente através disso que elas podem ser localizadas no tempo, para depois servirem elas mesmas como pontos de referência para novas localizações no tempo. É, portanto, antes de tudo pelo espaço que nós fixamos e medimos o tempo.

Ribot compara os pontos de referência aos marcos quilométricos, aos postes indicadores colocados nas estradas que, partindo de um mesmo ponto, divergem em diferentes direções. "Há, todavia", acrescenta ele, "a peculiaridade de que essas séries podem de alguma maneira se justapor para se compararem entre elas." Mas, perguntaremos, de onde vem essa possibilidade de justapor as durações, quando a justaposição verdadeira só é possível para o espaço? Ela vem do fato de que, na realidade, acreditando justapor diretamente as durações, nós justapomos realmente imagens espaciais, perspectivas espaciais. Nós tomamos os anos de nossa vida (os períodos de anos), e cada ano é representado por uma revolução visível do sol, subdividida em partes, em que intercalamos as principais cenas visíveis de nossa vida daquele ano.

Os pontos de referência permitem simplificar o mecanismo da localização no tempo. O acontecimento que serve como ponto de referência volta muitas vezes à consciência. Ele é muitas vezes comparado com o presente quanto à sua posição no tempo, ou seja, com o quanto os estados intermediários que o separam dele são despertados mais ou menos claramente. Resulta disso, segundo Taine e Ribot, que a posição do ponto de referência é, ou parece ser, cada vez mais bem conhecida. Pela repetição, essa localização se torna imediata, instantânea, automática. É um caso análogo ao da formação de um hábito. Os intermediários desaparecem, porque eles são inúteis. A série é reduzida a dois termos, e esses dois termos bastam, porque seu distanciamento no tempo é suficientemente conhecido. "Sem esse *procedimento abreviativo*, sem a desaparição de um número prodigioso de termos, a localização no tempo seria muito demorada, muito penosa e restrita a limites estreitos. Graças a ele, ao contrário, desde que a imagem surge, ela comporta uma primeira localização totalmente instantânea, ela é colocada entre duas balizas: o presente e um ponto de referência qualquer. A operação se encerra depois de algumas tentativas, muitas vezes laboriosa, infrutífera e talvez nunca precisa."

Todo mundo observa o quanto esse mecanismo se parece com aquele através do qual nos localizamos no espaço. Ali também temos pontos de referência, procedimentos abreviativos, distâncias perfeitamente conhecidas que empregamos como unidades de medida. Mas Ribot poderia ter acrescentado que existe aqui mais do que uma analogia:

existe uma identidade. Por assim dizer, para localizar no tempo, nós vinculamos os pontos de referência ao espaço. E os procedimentos abreviativos – tão bem descritos por Taine e Ribot – são, na realidade, abreviativos do espaço, representações de quadros visíveis, com distâncias vagamente imaginadas às quais se confere precisão por intermédio do *número*. O momento presente é evidentemente o ponto de partida em qualquer representação do tempo. Nós só podemos conceber o tempo de um ponto de vista presente, do qual nós representamos o passado para trás e o futuro para frente. Mas esse ponto de vista é sempre alguma cena no espaço, algum acontecimento que se passou em um meio material e *extenso*. Nossa própria *representação* do tempo, nossa figuração do tempo, é em forma espacial.

O espaço que vemos está *diante de nós*, o espaço que *representamos* simplesmente sem o ver está atrás de nós. Só podemos mesmo representar o espaço que está às nossas costas imaginando que o temos na frente e defronte. Pois bem, ocorre o mesmo com o tempo. Só podemos figurar o passado como uma perspectiva *atrás de nós*. E o futuro, saindo do presente, como uma perspectiva *diante de nós*. A primitiva figuração do tempo para o animal e para a criança deve ser uma simples fileira de imagens cada vez mais apagadas. O tempo é, na origem, como que uma quarta dimensão das coisas que ocupam o espaço. Existem linhas, superfícies e distâncias que só transpomos com o movimento. E, finalmente, existe uma distância de um gênero peculiar que só transpomos também atravessando os intermediários, aquela entre o objeto desejado e o objeto possuído, a do tempo. As horas, os dias, os anos, tantos compartimentos vazios por onde distribuímos todas as sensações à medida que elas nos chegam. Quando esses compartimentos estão cheios e podemos percorrer toda a série deles sem encontrar hiatos, eles formam aquilo que nós chamamos de tempo. Antes, eram apenas divisões do espaço. Agora, o amontoamento e a distribuição regular das sensações no espaço criou essa aparência que nós chamamos de tempo.

Não somente repartimos desse modo e etiquetamos, por assim dizer, nossos acontecimentos interiores, mas classificamos da mesma maneira os eventos ocorridos antes da nossa existência. Além disso, impomos de antemão as mesmas subdivisões ao tempo futuro. Traçamos entre o passado e o futuro uma longa linha carregada de divisões e que representa, no fundo, a linha seguida pelo sol e pelos astros em sua perpétua evolução. As cômodas divisões dessa linha nos permitem ordenar nela todas as coisas.

Spencer diz que nos primórdios da humanidade e nos países não civilizados se exprimia o espaço por intermédio do tempo, e que, mais tarde, em consequência do progresso, exprimiu-se o tempo por intermédio do espaço. Desse modo, o selvagem, assim como os antigos hebreus, conhece a posição de um lugar pelo número de dias de caminhada de que ele está distante. Na Suíça, responde-se aos turistas que determinado local está a tantas horas. Essa teoria é artificial. É muito simples que, bem cedo, na falta de medidas rigorosas de superposição para o espaço, e quando se trata de avaliar as distâncias de *caminhada*, responda-se em termos de caminhada e de tempo. Mas a própria jornada e as horas, marcadas pelas posições visíveis do sol, são na realidade uma série regular de cenas espaciais, de extensões visíveis. De tudo isso não seria possível, portanto, concluir que a noção de tempo tenha verdadeiramente *precedido* a de espaço. O tempo é um artifício de medida indireta para os grandes espaços, mas não resulta disso que haja necessidade de contar o tempo para perceber as primeiras extensões visíveis ou tangíveis.

Do ponto de vista científico, a unidade de medida mais primitiva e fundamental deve ser, evidentemente, uma quantidade que possa ser medida: 1º) diretamente; 2º) pela comparação com ela mesma. Ora, a extensão satisfaz essas duas condições. Ela é medida superpondo-se diretamente uma extensão a uma extensão e comparando a extensão com a extensão. Não se tem necessidade do tempo nem do movimento como elementos dessa comparação. Ao contrário, o tempo e o movimento não podem ser medidos diretamente e por si mesmos. Eu não posso superpor *diretamente* um tempo-padrão a um outro tempo, visto que o tempo está sempre indo e nunca se superpõe. Eu posso, é verdade, tomar uma lembrança de tempo e compará-la com um tempo real, mas o padrão, aqui, não tem nada de fixo e a comparação, nada de científica. Podemos mesmo estar certos de nos enganar. Além disso, se vocês olharem bem de perto, verão que, mesmo nessa tentativa interior de medida *grosso modo*, para poder comparar duas durações, vocês são obrigados a *representar* a duração tomada como medida. Ora, como vocês a representarão? Será, se vocês prestarem atenção, em termos de espaço. Vocês se lembrarão daquilo que fizeram durante um certo tempo em tal meio e compararão essa lembrança com as suas impressões presentes, para dizer: "É de comprimento quase igual ou desigual". Reduzidos a uma duração sem espaço, vocês não poderão chegar a nenhuma medida. Eis porque, para pôr alguma coisa de fixo nesse perpétuo escoamento do tempo, somos obrigados a representá-lo sob a forma espacial.

O sentido externo que mais serviu, depois dos sentidos internos, para tirar o tempo do espaço, para conferir-lhe uma dimensão à parte, foi a audição, precisamente porque a audição só se localiza muito vagamente no espaço enquanto se localiza admiravelmente na duração. Um animal está deitado imóvel no meio de uma paisagem imóvel: um som se faz escutar uma vez, depois duas vezes e depois três vezes – existe aí uma série em contraste com o imutável quadro do espaço. É como a encarnação do tempo no som. A audição desenvolveu-se em razão de sua utilidade para advertir o animal da proximidade de um inimigo. Daí distinguir o primeiro quadro exterior sem o som, depois o segundo quadro com o som e depois o terceiro quadro com o inimigo aparecendo, não está longe. Essa coisa invisível e intangível, o som, deve ter tendido a projetar-se em um meio diferente do próprio espaço, mais ou menos análogo ao meio interior do apetite vital, que não é outra coisa senão o tempo. A audição, desvencilhando-se progressivamente das formas espaciais, tornou-se com isso uma espécie de numerador rítmico. Ela é, por excelência, o sentido avaliador do tempo, da sucessão, do ritmo e da medida.

Um outro meio de separar o tempo do espaço é a imaginação. Nós não fazemos movimentos apenas com as nossas pernas, os fazemos com as nossas representações, passando de uma para outra através do pensamento, e não tardamos a distinguir essas espécies de passeios interiores da locomoção exterior. Sendo dado um estado de consciência atual, nós enfileiramos uma série de outros estados de consciência representados e que culmina sempre com o estado atual como sua conclusão. Vamos, assim, para trás, para voltar ao ponto de partida. Essa espécie de espaço ideal se opõe ao espaço real e nos permite conceber um meio no qual as coisas *se sucedem*, em lugar de haver a coexistência das coisas no espaço.

Como o espaço nos serve para formar e para medir o tempo, o tempo nos serve também – e temos visto exemplos disso – para calcular a extensão. Produzem-se aqui, portanto, uma ação e uma reação mútuas. Um cego dirá que uma bengala é longa ou curta conforme ele levar mais ou menos tempo para percorrê-la com a mão. Se a bengala, em lugar de ser imóvel, se movesse no mesmo sentido de sua mão – sem que ele se apercebesse disso pelo toque – ela lhe pareceria extremamente longa e se ela se movesse no sentido contrário, extremamente curta. É o que têm mostrado algumas observações sobre Laura Bridgman*. Disso não se segue, no entanto, que a ideia de *duração* propriamente dita intervenha aqui. A ideia de número talvez seja suficiente para explicar o fato: um espaço percorrido nos parece mais longo quando dá lugar a sensações mais numerosas e menos longo quando ele nos fornece um menor número de sensações. Não estou querendo dizer que contemos uma a uma as nossas sensações. Também não contamos os metros cúbicos de terra contidos em duas montanhas desiguais e, no entanto, declaramos à primeira vista que uma das duas é maior do que a outra e que contém mais terra. Pode haver número sem que haja numeração; é possível calcular por alto sem entrar nos detalhes. Os animais não conhecem a aritmética e, no entanto, uma cadela perceberá muito bem se o número dos seus filhotes diminuiu ou aumentou. Algumas populações humanas são

---

* Laura Bridgman († 1889). Cega, surda e muda que passou mais de 50 anos internada no Perkins Institution and Massachusetts School for the Blind, onde serviu como cobaia em diversas experiências sensoriais. (N. T.)

incapazes de contar além de dois. Os damaras* são desse tipo; entretanto, eles conduzem imensos rebanhos de bois e percebem muito bem quando uma das cabeças do seu rebanho está faltando. Para avaliar o número de nossas sensações, nós procedemos à maneira dos animais e dos selvagens, a olho nu e por aproximação. O resultado dessa avaliação é, ao mesmo tempo, o comprimento aparente do tempo e a extensão de espaço percorrida durante esse tempo.

Aquilo que prova bem que medimos o tempo pelo número das sensações e de forma alguma por sua duração verdadeira é a maneira pela qual avaliamos aproximativamente o comprimento de um sonho. Ali, não há mais medida artificial do tempo: o tique-taque de um relógio não dá mais as horas. Pois bem, nessa apreciação, na qual não entra mais outro elemento além da consciência, é unicamente ao número das imagens passadas diante dos nossos olhos que nos referimos para julgar o tempo decorrido, e daí se originam os erros mais singulares. Tal sonho parece ter durado várias horas quando, na realidade, só durou alguns segundos. Conhecemos o exemplo de um estudante que, tombando subitamente, tomado por uma espécie de sono letárgico, e logo desperto por seus colegas, entreviu com clareza, nesse curto instante, as inumeráveis peripécias de uma longa viagem pela Itália. Se fosse pedido a esse homem para avaliar ele mesmo o

---
* Povo pastoril africano que habita principalmente o território da Namíbia. (N. T.)

tempo de seu sonho, ele teria, sem nenhuma dúvida, estimado a sua duração em várias horas. Ele não poderia imaginar que essa multidão de cidades, de monumentos, de pessoas e de acontecimentos de todo tipo tivesse passado diante dos seus olhos em dois ou três segundos. A coisa, com efeito, era extraordinária e só podia ter se produzido em um sonho, em que as imagens, não estando ligadas a nenhum vínculo fixo com o espaço, podem se suceder com uma rapidez sem paralelo. Não poderia acontecer assim durante a vigília, porque o homem move-se relativamente no espaço com uma enorme lentidão. Seja como for, o que sobressai desses exemplos é que não temos verdadeiramente consciência da *duração* de nossas sensações e percepções pela aplicação de uma forma *a priori*, mas que avaliamos *a posteriori* essa duração segundo seu número e sua variedade.

Sob as cidades engolidas pelo Vesúvio, encontram-se ainda, cavando bem fundo, os vestígios de cidades mais antigas, precedentemente engolidas e desaparecidas. Os homens devem ter levantado umas sobre as outras as suas construções, que eram periodicamente recobertas pela cinza ascendente: formaram-se, assim, como que camadas de cidades. Sob as ruas existem ruas subterrâneas, sob os cruzamentos, outros cruzamentos, e a cidade viva se assenta sobre as cidades adormecidas. A mesma coisa se produz em nosso cérebro; nossa vida atual recobre – sem poder apagá-la – nossa vida passada, que lhe serve de sustentáculo e de secreto alicerce. Quando descemos em nós mesmos, nos perdemos em meio a todas essas ruínas. Para restaurá-las, para reconstruí-las, para trazê--las de volta, enfim, à plena luz, a classificação no espaço é que é o meio principal e quase único.

Com a memória formada, o *eu* está formado. O tempo e o movimento são derivados de dois fatores essenciais: por fora o desconhecido e por dentro uma certa atividade, uma certa energia se desdobrando. Não podemos conhecer a nós mesmos em nosso fundo nem conhecer esse algo que existe fora de nós e do qual o nosso próprio eu é em grande parte derivado. Quais são as potências que encerramos em nós mesmos, e até onde pode ir, em seu desenvolvimento, essa atividade que se agita em nós? E, de outra parte, qual é o segredo dessa natureza muda que nos envolve? Eis aí os dois incognoscíveis aos quais se reduzem, acreditamos, todos os outros, inclusive o tempo.

Vimos que a memória é o sentimento do mesmo oposto à ideia do diferente e do contrário. Ora, segundo os fisiologistas, aquilo que produz a simpatia é a descoberta de uma semelhança, de uma harmonia entre nós e o outro. Nós nos reencontramos no outro através da simpatia; do mesmo modo, nós nos reencontramos no passado através da memória[2]. A memória e a simpatia têm, portanto, no fundo, a mesma origem.

---
2. Observamos a mesma ideia eloquentemente expressa na *Psicologia*, de Rabier.

Acrescentamos que a memória produz, ela também, o apego aos objetos que melhor provocam esse sentimento do mesmo e nos fazem reviver melhor aos nossos próprios olhos. Laços secretos nos ligam pelo mais profundo de nosso ser a uma multiplicidade de coisas que nos rodeiam, que parecem insignificantes para qualquer outro e que só têm uma voz e uma linguagem para nós. Mas esse amor confuso, produzido pela memória e pelo hábito, nem sempre é isento de tristeza. Ele é mesmo uma das mais vivas fontes de nossos sofrimentos, porque seu objeto varia sempre ao longo do tempo e se associa inevitavelmente à lembrança de coisas que não são mais, de coisas perdidas. A consciência é uma representação de objetos cambiantes; mas ela não muda tão rápido quanto eles. Enquanto se faz um meio novo, ao qual é preciso que nos acomodemos, guardamos ainda nas profundezas de nosso pensamento o hábito e a forma do meio antigo. Daí uma oposição no próprio seio da consciência, duas tendências que nos carregam, uma para o passado ao qual ainda estamos presos por tantos laços, outra para o futuro que se abre e ao qual já nos acomodamos. O sentimento desse dilaceramento interior é uma das causas que produzem a tristeza da lembrança refletida, tristeza que se sucede, no homem, ao encanto da memória espontânea. Existe na meditação de um acontecimento passado, qualquer que seja ele, uma semente de tristeza que vai aumentando pelo retorno sobre si. Lembrar-se, para o ser que reflete, é estar muitas vezes bem perto de sofrer. A ideia de passado e de futuro não é somente a condição necessária de qualquer sofrimento moral; ela é também, de um certo ponto de vista, o princípio dele. Aquilo que faz a grandeza do homem – o poder de reencontrar-se no passado e projetar-se no futuro – pode se tornar, por fim, uma fonte perpétua de amargura. A ideia do tempo, por si só, é o começo do pesar. O pesar – o remorso – é a solidariedade entre o presente e o passado: essa solidariedade tem sempre sua tristeza pelo pensamento refletido, porque ela é o sentimento do irreparável. Desse modo, haveria na simples lembrança, na simples consciência do passado, uma imagem do pesar e mesmo do remorso, e é aquilo que o poeta exprimiu com profundidade nesse verso:

Como a lembrança é vizinha do remorso!

A lembrança é sempre a consciência de alguma coisa da qual não podemos mudar nada e, entretanto, essa coisa se encontra ligada a nós para sempre. O remorso também é o sentimento de uma impotência interior, e esse mesmo sentimento já está contido vagamente na lembrança através da qual evocamos uma vida que nos escapa, um mundo no qual não podemos mais entrar. A lenda sagrada conta que nossos primeiros pais se puseram a chorar quando, saídos do paraíso perdido, eles o viram recuar por trás deles e desaparecer: eis aí o símbolo do primeiro remorso, mas é também o símbolo da primeira lembrança. Todo mundo, por pouco que tenha vivido, tem seu passado, seu paraíso perdido, cheio de alegrias ou de tristezas, e para onde ele jamais poderá voltar, nem ele nem seus descendentes.

Se existe alguma amargura no fundo de toda a lembrança – mesmo daquela que é, a princípio, agradável –, como será então no caso da lembrança das dores, sobretudo das dores morais, as únicas que nos são possíveis imaginar e ressuscitar inteiramente? A lembrança dolorosa impõe-se, por vezes, ao homem maduro com uma força que é aumentada pelo próprio esforço que ele faz para desvencilhar-se dela. Quanto mais nos debatemos para escapar mais afundamos. É um fenômeno análogo ao de ficar preso em areia movediça. Nós nos apercebemos, então, de que o próprio fundo de nosso ser é movediço, que cada pensamento e cada sensação produzem nele remoinhos e ondulações sem fim, que não existe um trecho de terreno sólido sobre o qual caminhemos e onde possamos nos deter. O *eu* escapa à nossa apreensão como uma ilusão, como um sonho. Ele se dispersa, converte-se em uma multidão de sensações fugidias, e nós o sentimos, como uma espécie de vertigem, deixar-se tragar pelo abismo movediço do tempo[3].

---

3. Ver o segundo apêndice.

Capítulo 5

As ilusões do tempo normais e patológicas

I

Sendo a estimativa da duração apenas um fenômeno de óptica interior, uma perspectiva de imagens, não pode deixar de oferecer um caráter de essencial relatividade. Ela é relativa, com efeito: 1º) à *intensidade* das imagens representadas; 2º) à intensidade das *diferenças* entre essas imagens; 3º) ao *número* dessas imagens e ao número de suas diferenças; 4º) à *velocidade* de sucessão dessas imagens; 5º) às relações mútuas entre essas imagens, entre suas intensidades, entre suas semelhanças ou suas diferenças, entre suas durações diversas e, por fim, entre suas *posições* no tempo; 6º) ao tempo necessário para a concepção dessas imagens e de suas relações; 7º) à intensidade de nossa atenção a essas imagens ou às emoções de prazer ou de dor que acompanham essas imagens*; 9º) aos apetites, desejos ou afecções, que acompanham essas imagens; 10º) à relação dessas imagens com nossa *expectativa*, com nossa previsão.

Vemos o quanto são numerosas as relações de representação, de emoção e de volição que influem sobre o sentimento da duração.

Não poderíamos, portanto, admitir as leis demasiado simples que têm sido propostas e que, segundo pensamos, exprimem somente um dos aspectos da questão. Assim, Romanes, em suas investigações sobre a consciência do tempo, diz que, além do *número* dos estados de consciência, o fator adicional que atua para alongar ou encurtar o tempo é "a relação dos estados de consciência em sua própria sucessão". Nas experiências em que é necessário notar a segunda, o tempo parece relativamente longo. É, segundo Romanes, porque, nesse caso, a atenção está inteiramente concentrada sobre a produção de uma só e única série de mudanças, tal como os batimentos do cronômetro. Essas mudanças constituem, portanto, nesse momento, o conteúdo total da consciência; a partir daí, todas as suas relações de sucessão são impressas claramente na memória que elas preenchem. Como resultado desse grande número de impressões claras, a série dá a impressão de um maior comprimento.

---

* Não existe, na edição original, o oitavo item ou qualquer referência a essa lacuna. (N. T.)

Todo mundo já observou a deformação dos objetos na lembrança. Eles são vistos geralmente maiores ou menores, mais agradáveis ou mais dolorosos, mais belos ou mais feios etc. Comumente, o tempo é o grande atenuador das coisas, que apaga ou suaviza os contornos. Essa deformação se explica pela luta e pela vida; dentre os traços restantes, aqueles que são os mais profundos são os mais vivos. Assim, o caráter que, em um objeto, mais nos tocou tende a apagar todos os outros: a sombra se faz em torno dele, e só ele aparece na luz interior. Quando revejo a rua onde brinquei na minha infância, e que me parecia então tão larga e tão comprida, eu a acho pequenina, e fico espantado com isso. É porque, na minha infância, todas as minhas impressões eram intensas, novas e frescas. A impressão causada pelas dimensões da rua estava, portanto, viva. Quando revejo a rua mais tarde, por intermédio da lembrança, a intensidade de minhas impressões subjetivas transporta-se para o próprio objeto e transforma-se em grandeza espacial, precisamente porque, na memória, tudo tende a adquirir a forma espacial, mesmo a duração.

Os exemplos mais surpreendentes dos erros que são engendrados pela vivacidade da imagem – a qual tem como efeito destacar o acontecimento da série dos pontos de referência com os quais demarcamos o passado – nos são fornecidos, segundo James Sully, pelos acontecimentos públicos que ultrapassam o círculo estreito de nossa vida pessoal e que não estão vinculados, segundo o curso natural das coisas, a pontos localizados de uma maneira bem definida no tempo. Esses acontecimentos podem nos comover e nos absorver naquele mesmo momento. Mas, em muitos casos, eles deixam o espírito tão rapidamente quanto nele entraram. Não temos nenhuma oportunidade de voltar a eles; e se, por acaso, eles nos são lembrados em seguida, podemos estar quase certos de que eles nos parecerão muito próximos no tempo, justamente porque o interesse que eles suscitaram conferiu a suas imagens uma vivacidade peculiar. James Sully cita um exemplo curioso desse gênero de ilusão fornecido, há não muito tempo, pelo caso dos *detetives*, dos quais os jornais relembraram o processo e a condenação, por ocasião do término de sua pena (três anos de trabalhos forçados). "A notícia de que três anos inteiros haviam decorrido depois desse processo bem conhecido me espantou muito e produziu o mesmo efeito em muitos de meus amigos; fomos todos da opinião de que o acontecimento não nos parecia afastado por mais do que um terço da sua distância real. Mais de um jornal falou, então, dessa aparente brevidade do tempo decorrido, e isso mostra claramente que havia em operação uma determinada causa que produzia uma ilusão geral." A distância aparente de um acontecimento que não está claramente localizado no passado varia em razão inversa da vivacidade da imagem mnemônica. Toda a concentração consciente do espírito sobre uma lembrança tenderá, portanto, a aproximá-la. É, diz James Sully, como quando se observa um objeto afastado através de uma luneta: a bruma desaparece, surgem novos detalhes, até que quase chegamos a ponto de imaginar que o objeto está ao nosso alcance.

Nos casos em que o espírito, sob a influência de uma disposição doentia alimentando uma paixão, habitua-se a voltar incessantemente para alguma circunstância penosa, essa ilusão momentânea pode se tornar periódica e conduzir a uma confusão parcial entre as experiências longínquas e as experiências muito próximas. Uma ofensa da qual se manteve por muito tempo a lembrança causa, no fim, o efeito de alguma coisa que avançaria à medida que nós avançamos. Ela apresenta-se sempre em nossa memória como um acontecimento muito recente. Nos estados de alienação mental provocados por algum grande abalo, vemos essa tendência para ressuscitar o passado enterrado desenvolver-se livremente: "os acontecimentos afastados, as circunstâncias longínquas virão confundir-se com os fatos presentes"[1].

Uma outra causa de erro em nossa apreciação da duração é que somos levados a combinar o tempo exigido pela representação de um acontecimento com o tempo real que durou o acontecimento. Nas experiências psicofísicas, se me perguntam a duração dos batimentos curtos do metrônomo*, eu a faço muito grande. É porque acrescento in-

---
1. James Sully, *op. cit.*
* Instrumento que serve para determinar o andamento das músicas. (N. T.)

conscientemente o tempo que me foi necessário para representar e apreciar o batimento à duração objetiva do próprio batimento, que assim me parece aumentada. Ao contrário, se os batimentos são muito lentos, eu tendo a fazê-los mais curtos do que eles são: a representação é então mais rápida do que o próprio batimento, e eu tendo a confundir a velocidade subjetiva com a velocidade objetiva, como tendia, ainda há pouco, a confundir a lentidão subjetiva com uma lentidão objetiva. O dançarino a quem se quer fazer seguir um ritmo muito rápido logo começa a arquejar e fica para trás. Aquele que se quer fazer ir muito lentamente permanece com o pé no ar, levado a apressar o movimento. O esforço mais ou menos breve e rápido desempenha, portanto, um papel considerável em nossa ideia do tempo. É através do esforço e do desejo que travamos conhecimento com o tempo. Nós conservamos o hábito de considerar o tempo de acordo com os nossos desejos, nossos esforços, nossa vontade própria. Nós alteramos seu comprimento pela nossa impaciência e nossa precipitação, assim como alteramos sua rapidez pelo nosso lento esforço para representá-la.

A estimativa da duração no passado depende da duração que nos parece ter a própria operação reprodutiva, o esforço para se lembrar dos diversos acontecimentos. Assim, quando todos os acontecimentos se mantêm e se parecem, o esforço de atenção necessário à evocação das lembranças *adapta-se* imediatamente a cada uma das imagens sucessivas – como observa Wundt –, e a série, facilmente percorrida, parece menos longa. Ao contrário, se os acontecimentos são descontínuos, sem ligação, ou muito diversos e dessemelhantes, o esforço de reprodução exige mais tempo, e a série dos acontecimentos parecerá, ela mesma, mais longa. Acontece aqui como no caso de duas linhas horizontais de igual comprimento, mas das quais a segunda é cortada por traços verticais: a segunda parece mais longa. É porque o olho, ao percorrê-la, é detido pelos diversos traços e, como o movimento do olhar é retardado por isso, a linha adquire um excedente ilusório de comprimento. Fenômenos de óptica análogos produzem-se para o tempo. Mas aí está um dos elementos da explicação, não o todo.

Nas experiências psicofísicas sobre a avaliação da duração dos batimentos cronométricos, observa-se que o ponto em que o intervalo de tempo apreciado é, em média, igual ao intervalo de tempo real, e o reproduz fielmente, é em torno de 0,72 segundo. Ora, esse é também o valor médio da duração geralmente necessária para a reprodução pela memória ou representação. Uma velocidade de cerca de ¾ de segundo é, portanto, aquela na qual os processos de reprodução e de associação se realizam com mais facilidade. Daí, Wundt conclui que, quando temos de representar tempos objetivos mais longos ou mais curtos, nós tentamos involuntariamente torná-los iguais a essa velocidade normal da nossa representação, ou pelo menos aproximá-los disso. Essa é uma das razões que explicam por que encurtamos os batimentos mais lentos do que três quartos de segundo, e por que alongamos os batimentos mais curtos. Ainda aí, é uma razão de desejo e de bem-estar que domina nossa representação do tempo. Mas existe um fato ainda mais curioso, observado por Wundt. É que essa mesma cifra de ¾ de segundo é também aquela que a perna emprega para dar um passo em uma marcha rápida. É, portanto, no fundo – acrescentaremos –, pela duração do *passo no espaço* que medimos o tempo. É provável que o passo tenha sido a nossa primeira medida para o espaço e, por isso mesmo, para o tempo. Na origem, a forma mais geral do tempo era a série de imagens que temos quando fazemos uma série de movimentos de locomoção, quando damos uma série de passos. Vemos, então, os objetos se deslocarem da direita para a esquerda e, se voltamos atrás, reencontramo-nos. As três dimensões do espaço e a dimensão única do tempo organizam-se, assim, por si próprias na imaginação. Ainda hoje, ritmamos a velocidade de nossa representação pela nossa passada e, por uma tendência natural, queremos adaptar o passo do tempo aos passos do nosso pensamento e ao passo das nossas pernas[2].

---

2. Acrescentemos que, na música, um movimento de 0,72 constitui um bom *andante*, que não vai nem muito lenta nem muito rapidamente, mas com uma marcha natural.

Stevens encontrou resultados opostos aos de Vierord[3], de Mach[4], de Kollert[5], de Estel[6] e de Mehner[7]. Segundo Stevens, nós encurtamos ainda mais os tempos curtos e alongamos ainda mais os tempos longos. Nas experiências de Stevens, o "ponto de exatidão", ou seja, de reprodução fiel, é aliás o mesmo que para os outros experimentadores. Mas é preciso observar que as condições da experimentação não são as mesmas. Vierord e seus sucessores faziam uma comparação entre dois intervalos de tempo, e o processo era puramente *mental*. Stevens liga-se a um intervalo de tempo e faz que seja reproduzido o mesmo intervalo. Resulta disso a intervenção de elementos completamente novos e de causas perturbadoras, como reconhece o próprio Stevens: exercício da vontade, impulso motor, transmissão ao longo dos nervos eferentes e, por fim, o período latente da contração muscular. O próprio Stevens não propõe nenhuma explicação para os resultados que ele consignou. Talvez, sendo a vontade de reproduzir e o movimento reprodutor as coisas mais importantes em suas experiências, se chegará ao seguinte resultado: quando o intervalo a ser reproduzido está abaixo do ponto de indiferença, tentamos em vão *representá-lo* primeiramente mais longo do que ele

---
3. *Der Zeitsinn*, 1868.
4. Ver Wundt, *Physiol. Psych.* 1 Aufl. s. 785.
5. *Philosophische Studien*, Bd. 1 Heft I, s. 88.
6. *Ibid.*, Bd. II, I, 37.
7. *Ibid.*, Bd. II, Heft., 4, s. 546.

é, percebemos que ele é rápido e imprimimos a nós mesmos, na reprodução motora, uma velocidade que tem como finalidade não permanecer abaixo do tipo. Essa velocidade termina por encurtar ainda mais os intervalos já curtos. Ao contrário, quando o intervalo de tempo está acima do ponto de indiferença, ele parece longo apesar do encurtamento que a imaginação faz contra a vontade dela, e a vontade imprime um movimento lento, um movimento contido, por medo de precipitar-se muito. Resulta disso um retardamento final dos intervalos já lentos. O músico ao qual o metrônomo indica um movimento rápido tende a apressá-lo ainda mais, com medo de ficar abaixo; se o metrônomo indica-lhe um movimento lento, ele o retarda ainda mais pelo temor de ir demasiado rápido. Tal é a explicação que poderíamos propor para as divergências assinaladas entre os experimentadores.

Segundo Estel, nossas representações do tempo, como as outras sensações e representações, são influenciadas pelas impressões passadas pertencentes ao domínio de um mesmo sentido. Um tempo que foi curto, por exemplo, no domínio da audição, faz o seguinte parecer mais curto[8].

A influência da espera sobre a duração aparente é bem conhecida. Se a espera parece *longa*, é porque ela é uma série de decepções, de *ainda não*. Nosso desejo, juntando-se

---

8. *Philosophische Studien*, II, fascículo 1.

à representação do objeto esperado – a chegada daquela a quem se ama, por exemplo –, tende a nos figurar o futuro como presente, e como gostaríamos que ele se realizasse imediatamente, pulamos sobre os intermediários e figuramos a distância como transposta. Consequentemente, nós a queremos e a concebemos mais curta do que ela pode ou deve ser. Daí os intermináveis *quando*? Em comparação com o tempo ideal e idealmente precipitado, o tempo real nos parece se arrastar de uma maneira desesperadora.

Quando a espera chega ao fim, alguns dizem (como Wundt) que o tempo que lhes havia parecido tão longo encurta-se instantaneamente pelo esquecimento do seu aborrecimento; outros dizem (como James Sully) que não esquecem de modo algum o seu aborrecimento e que o tempo da espera fica marcado em sua memória por um caráter de lentidão. Tudo depende, ainda aqui, do ponto de comparação e da presença ou da ausência da lembrança do aborrecimento.

Agora, por que o tempo da felicidade – da brincadeira para a criança, da conversação amorosa para o jovem – parece ter *fugido* com uma tão desoladora rapidez? É que, através da antecipação ideal, nós havíamos nos prometido e nos desejado uma longa felicidade – uma felicidade que não devesse mesmo acabar nunca: em comparação com a origem do nosso desejo e da nossa espera, o quanto a realidade parece breve! O quê! Já? Havíamos projetado diante de nós, através da imaginação, um longo caminho a ser percorrido, um verdadeiro caminho dos apaixonados, e, quando ele é percorrido, nos parece necessariamente demasiado curto. Nos dias de felicidade, nós nos arrancamos com pesar de cada hora que passa: ela deixa em nós um sulco luminoso, e nós ficamos ainda um longo tempo seguindo esse vestígio, que empalidece sem se apagar, fascinando nossos olhos.

Wundt explica a maior parte dos erros relativos à duração pelas variações da *apercepção*, ou seja, da *atenção às representações*, que está em um estado de tensão maior ou menor. Mas o grau de atenção é aqui apenas um elemento secundário. A verdadeira tensão está no desejo, na apetição, nessa espécie de ímpeto interior que vai do presente, ora para um termo futuro desejado, ora para um termo futuro temido. No primeiro caso, o tempo vai muito lentamente; no outro, ele vai rápido demais. É pelo nosso desejo que medimos, mesmo sem querer, o seu comprimento: o *tempo aparente* varia, portanto, em função do apetite ou do desejo.

James Sully observa que o encurtamento do tempo avaliado *a distância* não se faz segundo nenhuma lei. Não se pode dizer que ele seja proporcional ao distanciamento. Deve-se mesmo dizer que ele não o é. "Se eu represento meus dez últimos anos por uma linha com um metro de comprimento, o último ano se estenderá por três ou quatro decímetros; o quinto, rico em acontecimentos, se estenderá por dois decímetros; os outros oito se apertarão sobre o que restar."

Na história, ocorre a mesma ilusão. Alguns séculos parecem mais longos: "o período que vai dos nossos dias à tomada de Constantinopla parece mais longo do que aquele que vai desse acontecimento à primeira Cruzada, embora os dois sejam quase iguais cronologicamente. Isso se origina provavelmente do fato de que o primeiro período nos é melhor conhecido e de que misturamos a ele nossas lembranças pessoais".

Segundo pensamos, o comprimento aparente do tempo avaliado a distância cresce em razão do número de *diferenças* nítidas e *intensas* percebidas nos acontecimentos rememorados. Um ano repleto de acontecimentos diversos e marcantes parece mais longo. Um ano vazio e monótono parece mais curto: as impressões se superpõem, e os intervalos de tempo, fundindo-se uns nos outros, parecem se contrair. Ora, esse é ainda um fenômeno análogo ao que se passa com o espaço. A distância de um objeto parece maior para os olhos quando há um certo número de objetos intercalados que servem como pontos de referência. Ainda do mesmo modo como, no espaço, os objetos muito nítidos parecem estar mais próximos, temos visto que as coisas muito nítidas no tempo parecem ser de ontem.

O erro na avaliação do tempo é maior para os períodos recuados do que para os períodos recentes do mesmo comprimento: assim, a avaliação retrospectiva de uma duração muito afastada do momento presente – como do tempo que se passou na escola – é bem mais superficial e bem mais fragmentária que aquela de um período igual, mas recente. A perspectiva no tempo passado corresponde, portanto, a uma perspectiva no espaço, onde a quantidade de erro aparente, devido ao encurtamento, cresceria com a distância[9].

É de uma maneira análoga que se explica, segundo pensamos, o fato muitas vezes citado dos anos que parecem tão longos na juventude e tão curtos na velhice. A juventude é impaciente em seus desejos, ela gostaria de devorar o tempo, e o seu *tempo se arrasta*. Além disso, as impressões da juventude são vivas, novas e numerosas; os anos são, portanto, repletos, diferenciados de mil maneiras, e o jovem revê o ano decorrido sob a forma de uma longa série de cenas no espaço. O fundo do palco recua então na distância, para trás de todos os cenários cambiantes que se sucedem sem a necessidade de baixar a cortina: sabemos que nos teatros uma fileira de cenários estão debaixo do palco, prontos a subir diante do espectador. Esses cenários são os quadros do nosso passado que reaparecem. Existem alguns mais apagados, mais esfumados e brumosos, que produzem um efeito de distanciamento, outros que produzem um efeito de cortinas. Nós os classificamos segundo seu grau de intensidade e segundo sua ordem de aparição. O maquinista*

---

9. James Sully. *As ilusões*, p. 179.

* Funcionário encarregado, numa montagem teatral, de manipular o maquinário e os cenários. (N. T.)

é a memória. É assim que, para a criança, o primeiro de janeiro passado recua indefinidamente para trás de todos os acontecimentos que o seguiram, e o primeiro de janeiro futuro também parece estar muito longe, tanto que a criança tem pressa de crescer. Ao contrário, a velhice é o cenário do teatro clássico, sempre o mesmo, um lugar banal; ora uma verdadeira unidade de tempo, de lugar e de ação, que concentra tudo em torno de uma ocupação dominante, apagando o resto; ora uma nulidade de ação, de lugar e de tempo. As semanas assemelham-se, os meses assemelham-se; é o curso monótono da vida. Todas essas imagens se superpõem e acabam por formar uma única. A imaginação vê o tempo em resumo. O desejo também o vê do mesmo modo; à medida que nos aproximamos do término da vida, após cada ano, dizemos: ainda um a menos! O que eu tive tempo de fazer? O que eu senti, vi, realizei de novo? Como é possível terem se passado trezentos e sessenta e cinco dias que fazem o efeito de alguns meses?

Você quer alongar a perspectiva do tempo? Preencha-o, se puder, com mil coisas novas. Faça uma viagem que o apaixone, que o faça se tornar novamente jovem, rejuvenescendo o mundo ao seu redor. Os acontecimentos acumulados, os espaços percorridos se ajuntarão, pelas pontas, em sua imaginação retrospectiva: você terá fragmentos do mundo visível em grande número e dispostos em série, e esse será, como se diz com tanta justeza, um longo *espaço* de tempo.

Segundo Janet, a duração aparente de uma certa porção de tempo, na vida de cada homem, seria "proporcional à duração total desta vida"[10]. Um ano, diz ele, para uma criança de dez anos, representa a décima parte de sua existência; para um homem de cinquenta anos, este mesmo ano não será mais do que um quinquagésimo. Ele parecerá, assim, cinco vezes mais curto. De outra parte, para a criança, a idade de cinquenta anos parece prodigiosamente avançada, mas não para o quinquagenário. Essa lei só se aplicaria, aliás, aos períodos bastante longos, como os anos, e não aos dias ou aos meses, que nós não pensamos em comparar com toda uma vida. A lei de Janet nos parece exprimir uma tendência real da imaginação que consiste em julgar as grandezas relativamente ao que ela pode representar de maior ou de menor: para aquele que não percorreu muitas regiões, a aldeia parece grande. Para quem viu Paris, a cidade provinciana parece pequena. Mas a lei proposta por Janet é demasiado matemática e muito simples para explicar, por si só, o encurtamento aparente dos anos aos olhos dos velhos. A fusão das impressões semelhantes e dos períodos similares que se recobrem uns aos outros nos parece desempenhar aqui um papel bem maior.

Janet apresenta ainda outro exemplo de nossa apreciação da duração pela comparação da parte com o todo: em

---

10. *Revista filosófica*, tomo III, 1877, p. 497 ("Une illusion d'optique interne").

uma viagem de trem, se você estiver indo apenas de Paris para Orleans, já estará fatigado em Choisy. Se você estiver indo de Paris para Bordeaux, só experimentará o mesmo sentimento de fadiga e de tédio em Orleans. Segundo pensamos, esse fato se explica pela diferença entre as *esperas*. Quando você vai de Paris para Bordeaux, você espera um longo trajeto, se resigna de antemão e só experimenta mais tarde a revolta pelo aborrecimento. Se você embarca para Orleans, você diz de antemão: "não é muito longe, vou chegar logo" e, em Choisy, você exclama: "é mais longe do que eu acreditava!". Seria, portanto, ainda aqui, o elemento de atenção, de espera e de apetição que seria a coisa importante.

Nós representamos e consideramos objetivamente uma duração pela série dos estados de consciência representáveis e efetivamente representados que colocamos nessa duração. Em outros termos, julgamos o comprimento do tempo decorrido através da série de *lembranças* que intercalamos nele. Aquilo de que não nos lembramos não pode, naturalmente, entrar na série. Daí resulta a seguinte consequência: quanto mais tivermos lembranças numerosas, intensas e distintas para intercalar entre dois extremos mais o intervalo nos parecerá grande. Ora, a criança tem muitas representações numerosas e distintas para alojar em um ano. Ao contrário, para o homem maduro, as lembranças misturam-se e recobrem-se, e não restam senão alguns pontos salientes. Eis aí a principal explicação do encurtamento aparente dos anos. Inversamente, se um sonho de uma noite parece durar um século, é porque houve uma sucessão muito rápida de imagens vivas e distintas: a série, preenchendo-se com elas, parece alongar-se.

Agora, quais são as representações mais facilmente representáveis para a memória e, consequentemente, as mais fáceis de alojar na perspectiva do tempo? São, além das grandes emoções, as representações espaciais. Nossos prazeres e nossos sofrimentos físicos só são representados vagamente e por atacado na memória, nossas dores e prazeres morais tomam emprestado sua clareza das ideias que, por sua vez, tomam emprestado sua precisão dos lugares, do meio visível. Daí vem o fato de que, como já vimos, para imaginar o tempo, nós imaginamos, sobretudo, os espaços e avaliamos o comprimento dos tempos pela quantidade de espaços ou de cenas espaciais que intercalamos entre os dois limites.

James Sully compara, pois, com razão, algumas ilusões sobre a distância no tempo com ilusões paralelas sobre a distância no espaço. Observem a Jungfrau* de Wengernalp**: parece que você vai, atirando uma pedra, transpor o vale profundo e alcançar a geleira ofuscante de brancura. É porque nada se interpõe, na transparência do ar, entre você

---
  * "A jovem". Pico dos Alpes suíços que é um dos pontos culminantes da Europa, com 4.166 metros. (N. T.)
  ** Região dos Alpes suíços. (N. T.)

e essa visão tão nítida: faltam os pontos de referência e você diz: está muito próximo. Do mesmo modo, se existem acontecimentos surpreendentes que nos parecem de ontem, é porque não podemos percorrer todos os intermediários: eles destacam-se diante de nós tal como a montanha, e todo o resto desaparece. Se vocês se lembram, então, do número de anos que decorreram, vocês dizem: "será possível?". No fundo, aquilo que vocês reveem ainda aqui, pelos olhos da imaginação, é um certo recanto do espaço onde alguma coisa se passou, talvez alguma coisa feliz para vocês, e de que vocês têm saudades. Todos os outros espaços percorridos desaparecem então: vocês veem a sua felicidade passada erguer-se diante de vocês como um cume em plena luz; ela parece muito próxima no tempo, porque a sua imaginação a vê muito próxima no espaço onde ela situa as coisas.

Desse modo, a medida do tempo, assim como o próprio tempo, é um efeito de perspectiva, e mesmo, em grande parte, de perspectiva espacial representada pela imaginação. Segundo o centro de perspectiva e segundo a medida que se utiliza, a perspectiva alonga-se ou encurta-se: é simplesmente um efeito de *óptica* imaginativa. Para colocar fixidez nessas visões de quadros, somos obrigados a tomar emprestado do espaço exterior algo com que controlar o espaço interior: apelamos para o retorno do dia e da noite, para o das estações ou, artificialmente, para as batidas isócronas do pêndulo.

A poesia do tempo, com suas ilusões, vem primeiramente do fato de que nós *idealizamos* as coisas passadas. Um *ideal* é uma forma que não conserva senão aquilo que existe de característico e de típico, com a eliminação dos detalhes desfavoráveis e o aumento de intensidade para os detalhes favoráveis. Ora, o tempo, por si mesmo e por si só, é um artista que idealiza as coisas. Com efeito, nós só lembramos, nas coisas passadas, os traços salientes e característicos. Os detalhes miúdos, que se opõem uns aos outros, desaparecem por isso mesmo, não surgindo senão aquilo que teve força, intensidade e interesse. É o equivalente da visão no espaço para os efeitos de distanciamento. Só as representações vivas e grandes subsistem. Se o olho percebesse ao mesmo tempo todos os pequenos detalhes de uma paisagem, não haveria mais uma verdadeira paisagem, mas uma misturada de sensações, todas no mesmo plano. O olho é um pintor, é um hábil pintor. Isso vale também para o olho interior, que vê as coisas à distância no tempo.

Além disso, esse efeito de idealização se acumula e aumenta com o próprio tempo, como por uma velocidade adquirida em um certo sentido. Tendemos a embelezar aquilo que nos agradou e a enfear aquilo que nos desagradou, e essa tendência, juntando sem cessar seus efeitos a eles mesmos, termina por atingir um ponto máximo de beleza ou de feiura, que é a adaptação da lembrança à nossa disposição pessoal. O quadro está pronto, a paisagem está terminada.

Agora, será "conhecido pela história" que as coisas se passaram de uma determinada maneira, soberba ou horrorosa, que tal pessoa tinha uma beleza admirável e que outra tinha uma feiura não menos prodigiosa etc.

Já mostramos, em outro lugar[11], que o tempo se torna uma classificação espontânea das coisas segundo sua relação conosco, e que essa classificação é necessariamente estética. O tempo é, portanto, um juízo feito sobre a força e sobre o valor estético das coisas e dos acontecimentos.

II

Na loucura, os fatos passados podem ser apagados completamente da memória (o que é raro), ou então transportados a uma enorme distância no tempo: é o caso mais frequente. Eles tornam-se, então, tão vagos e tão estranhos ao indivíduo que é com dificuldade que ele pode reconhecê-los como fatos que aconteceram com ele próprio. A loucura, portanto, suprime ou altera a perspectiva do tempo.

Dentre as ilusões patológicas relativas ao tempo, uma das mais curiosas é a "falsa memória", que consiste em acreditar que um estado presente, novo na realidade, foi anteriormente experimentado, embora ele esteja se produzindo realmente pela primeira vez. Ele parece, então, ser uma re-

---

11. *A arte do ponto de vista sociológico*, Martins Martins Fontes, 2009. Ver, mais adiante, o primeiro apêndice.

petição, um *passado*. Wigan, em seu livro sobre a "Dualidade do espírito", relata que, "enquanto ele assistia ao serviço fúnebre da princesa Carlota, na capela de Windsor, teve subitamente a sensação de haver sido outrora testemunha do mesmo espetáculo". Lewes relaciona esse fenômeno com alguns outros mais frequentes. Em uma terra estranha, o desvio brusco de um atalho ou de um rio pode nos colocar diante de alguma paisagem que nos parece ter outrora contemplado. "Apresentados pela primeira vez a uma pessoa, *sentimos* como se já a tivéssemos visto. Lendo em um livro pensamentos novos, sentimos que eles já estiveram presentes no nosso espírito anteriormente[12]."

Segundo Ribot, essa ilusão pode ser explicada com bastante facilidade. A impressão recebida evoca em nosso passado impressões análogas, vagas, confusas, apenas entrevistas, mas que são suficientes para fazer crer que o novo estado é a repetição delas. Existe um fundo de semelhança, rapidamente sentido, entre dois estados de consciência que nos impele a identificá-los. É um erro; mas é um erro apenas parcial, porque existe, com efeito, em nosso passado, alguma coisa que se assemelha a uma primeira experiência.

Se essa explicação pode ser suficiente para os casos muito simples, eis aqui outros para os quais Ribot reconhece que ela não é admissível. Um doente, diz Sander, sendo

---
12. Lewes, *Problems of life and mind* [Problemas da vida e da mente], 3ª série, 129.

informado da morte de uma pessoa que ele conhecia, foi tomado por um terror indefinível, porque lhe pareceu que ele já havia sentido aquela mesma impressão. "Eu sentia que já antes, estando aqui deitado nesse mesmo leito, X havia chegado e me dito: 'Müller morreu'. Eu respondi: 'Esse Müller já morreu há algum tempo, ele não pode ter morrido duas vezes.'." O dr. Arnold Pick relata um caso de falsa memória completa, apresentada sob uma forma quase crônica. Um homem instruído, raciocinando bastante bem sobre a sua doença, e que apresentou sobre ela uma descrição por escrito, foi tomado, por volta da idade de trinta e dois anos, por um estado mental peculiar. Se ele participava de uma festa, se visitava algum lugar ou se se encontrava com alguém, esse acontecimento, com todas as suas circunstâncias, lhe parecia tão familiar que ele se sentia seguro de já ter experimentado as mesmas impressões, estando rodeado precisamente pelas mesmas pessoas ou pelos mesmos objetos, com o mesmo céu, o mesmo clima etc. Se ele fazia algum novo trabalho, parecia-lhe já tê-lo feito antes e nas mesmas condições. Essa sensação se produzia algumas vezes no mesmo dia, ao fim de alguns minutos ou de algumas horas, ou às vezes no dia seguinte, mas com uma perfeita clareza. A dificuldade, diz Ribot, é saber por que essa imagem que nasce um minuto, uma hora, um dia após o estado real, confere a esse o caráter de uma repetição. Existe aí, com efeito, uma inversão do tempo. Ribot propôs a seguinte explicação: a imagem assim formada é muito intensa, de *natureza alucinatória*; ela impõe-se como uma realidade, porque nada retifica essa ilusão. Como resultado, a impressão real é rejeitada para segundo plano, com o caráter apagado das lembranças. Ela é localizada no passado, erradamente, se considerarmos os fatos objetivamente; com razão, se os considerarmos subjetivamente. Esse estado alucinatório, com efeito, embora muito vivo, não apaga a impressão real; mas como ele destaca-se dela, como foi produzido por ela tarde demais, ele deve aparecer como uma segunda experiência. Ele toma o lugar da impressão real, parecendo mais recente, e de fato o é. Para nós que julgamos de fora e de acordo com aquilo que se passou exteriormente, é falso que a impressão tenha sido recebida duas vezes. Para o doente, que julga de acordo com os dados da sua consciência, é verdadeiro que a impressão foi recebida duas vezes e, nesses limites, sua afirmação é incontestável.

Em outros termos, segundo Ribot, o mecanismo da memória "funciona às avessas": toma-se a imagem viva da lembrança pela sensação real e a sensação real, já enfraquecida, por uma lembrança. Preferimos acreditar, como Fouillée[13], que existe aí "um fenômeno doentio de eco e de repetição interior", análogo àquele que ocorre na lembrança verdadeira: "Todas as sensações novas têm uma ressonância

---

13. *Estudos sobre a memória* publicados pela *Revista dos dois mundos*.

e são, assim, associadas com imagens consecutivas que as repetem. Por uma espécie de miragem, essas representações consecutivas são projetadas no passado. É uma diplopia* no tempo. Quando se tem uma visão dupla no espaço, é porque as duas imagens não se superpõem. Do mesmo modo, quando se tem uma visão dupla no tempo, é porque existe nos centros cerebrais uma falta de sinergia e de simultaneidade, graças à qual as ondulações similares não se fundem inteiramente. Disso resulta na consciência uma imagem dupla – uma viva e a outra tendo o enfraquecimento da lembrança. Como o estereoscópio** interior encontra-se desajustado, as duas imagens não mais se confundem, de modo a formarem um único objeto. De resto, qualquer explicação completa é impossível no atual estado da ciência, mas esses casos doentios nos fazem compreender que a aparência do familiar e do conhecido está ligada a um certo *sentimento* tão indefinível quanto a impressão do azul ou do vermelho, e que podemos considerar como um sentimento de repetição ou de duplicação". James Sully diz que ele próprio possui o poder, quando examina um objeto novo, de representá-lo como familiar. É, sem dúvida, porque existe em seu espírito repetição, ressurreição vaga de objetos *semelhantes* ao que é atualmente percebido. Esse mesmo mecanismo explica,

---

* Doença ocular caracterizada pela duplicação da imagem dos objetos. (N.T.)
** Instrumento óptico através do qual as imagens planas aparecem em relevo. (N. T.)

segundo Fouillée, por que é possível lembrarmos sem reconhecer que nos lembramos, experimentando, com isso, a sensação da novidade; "é que, então, a duplicidade normal das imagens é abolida, e vê-se apenas uma quando seria necessário ver duas. É o inverso dos casos de falsa memória, onde a unidade normal das imagens é abolida em proveito de uma duplicidade anormal. Por vezes, enfim, a sensação de familiaridade e de reconhecimento produzida por uma impressão nova provém do fato de que nós *sonhamos* com coisas análogas[14]".

Último problema: nossa representação do tempo permanece *discreta* ou torna-se inteiramente *contínua*? Kant nos gratifica, como primeira tentativa, com uma noção de tempo contínuo, e mesmo infinito, que ele chama de uma "quantidade infinita dada". É muita generosidade. O espírito, na sua representação do tempo, assim como em todas as outras e notadamente na do espaço, vai primeiramente por pulos, saltando em um pé só sobre os intermediários, que ele não percebe. Os fragmentos de tempo são como os fragmentos de espaço, com interrupções aparentes, lacunas. É somente no final, pela repetição das experiências, que essas lacunas vão diminuindo e chegam a um ponto de *desvanecimento* e, consequentemente, de fusão entre os

---

14. *Estudos sobre a memória* publicados pela *Revista dos dois mundos*.

diversos pedaços de duração percebida. Comparou-se esse fenômeno com aquilo que ocorre na roda de Savart*, quando os batimentos primeiramente separados terminam por se juntar com a velocidade crescente da roda e dão, assim, a impressão de um som contínuo. Ainda do mesmo modo como, no espaço, terminamos por prolongar a visão ideal sobre aquilo que não vemos, em virtude de uma espécie de conservação da velocidade adquirida, preenchemos idealmente as lacunas do tempo e terminamos por concebê-lo com sua continuidade matemática.

---

* Félix Savart (1791-1841), físico francês que se dedicou principalmente ao estudo das vibrações. Com o objetivo de determinar as mais baixas frequências audíveis, ele elaborou uma roda dentada com a qual podia produzir sons de qualquer frequência. (N. T.)

Conclusão

De tudo aquilo que precede, concluiremos que o tempo não é uma condição, mas um simples efeito da consciência. Ele não a constitui, ele provém dela. Não é uma forma *a priori* que nós imporíamos aos fenômenos, é um conjunto de relações que a experiência estabelece entre eles. Não é um molde pronto no qual entrariam nossas sensações e nossos desejos, é um *leito* que eles traçam para si próprios e um *curso* que eles seguem espontaneamente nesse leito.

O tempo não é outra coisa, para nós, que uma certa disposição regular, uma organização de imagens. A memória não é outra coisa que a arte de evocar e de organizar essas imagens.

Não existe o tempo fora dos desejos e das lembranças, ou seja, de algumas imagens que, justapondo-se como se justapõem os objetos que as produziram, engendram ao mesmo tempo a aparência do tempo e a do espaço.

O tempo, na origem, não existe na nossa consciência do mesmo modo como não existe em uma ampulheta. Nossas sensações e nossos pensamentos parecem-se com os grãos de areia que escoam pela estreita abertura. Como esses grãos de areia, eles se excluem e se repelem uns aos outros em sua diversidade, em lugar de fundirem-se absolutamente uns nos outros. Esse filete que cai pouco a pouco é o tempo.

Agora, fora da consciência, existiria uma realidade que correspondesse à ideia que fazemos da duração? Haveria, por assim dizer, um tempo objetivo? Tem-se feito do tempo, muitas vezes, uma espécie de realidade misteriosa, destinada a substituir a velha concepção da providência. Foi-lhe dada a quase onipotência, ele foi declarado o fator essencial da evolução e do progresso. Mas o tempo não constitui um *fator* nem um *meio* que possa, por si só, modificar a ação e seus efeitos. Se eu colho uma maçã em uma árvore e depois, mais tarde, colho uma maçã absolutamente semelhante, ocupando exatamente a mesma posição na mesma árvore; e se, além disso, estou na mesma corrente de ideias e de sensações, e não me recordo de minha ação antecedente, os dois atos serão absolutamente idênticos, produzirão os mesmos efeitos e se fundirão no mesmo todo. Assim, o tempo sozinho não basta para introduzir a diferença real entre as coisas.

Segundo pensamos, o tempo é apenas uma das formas da evolução. Em lugar de produzi-la, ele sai dela. O tempo, com efeito, é uma consequência da passagem do homogêneo para o heterogêneo. É uma diferenciação introduzida nas coisas. É a reprodução de efeitos análogos em um meio diferente ou de efeitos diferentes em um meio análogo.

Em lugar de dizer que o tempo é o fator essencial da mudança e, consequentemente, do progresso, seria mais verdadeiro dizer que o tempo *tem como fator* e elemento fundamental o próprio progresso, a evolução: o tempo é a fórmula abstrata das mudanças do universo. Na massa absolutamente homogênea que, por uma ficção lógica, se supõe algumas vezes estar na origem das coisas, o tempo ainda não existe. Imaginem um rochedo batido pelo mar: o tempo existe para ele, porque os séculos o ferem e o corroem. Agora, suponhamos que a vaga que o atinge se detenha subitamente sem voltar para trás e sem ser substituída por uma nova vaga; suponhamos que cada partícula da pedra fique para sempre a mesma na presença da mesma gota d'água imóvel. O tempo deixará de existir para o rochedo e para o mar. Eles serão transportados para a eternidade. Mas a eternidade parece uma noção contraditória com as da vida e da consciência, tais como as conhecemos. Vida e consciência supõem variedade, e a variedade engendra a duração. A eternidade é, para nós, o nada ou o caos. Com a introdução da *ordem* nas sensações e nos pensamentos começa o tempo.

Apêndice 1

A poesia do tempo[1]

Naquilo que concerne ao efeito poético produzido pelo afastamento no tempo, uma questão prévia se apresenta: aquela que concerne ao efeito estético da própria lembrança – da lembrança que é, em suma, uma forma da simpatia, a simpatia para consigo mesmo, a simpatia do eu presente pelo eu passado. A arte deve imitar a lembrança. Sua finalidade deve ser a de exercitar, como ela, a imaginação e a sensibilidade, economizando o máximo possível as suas forças. Do mesmo modo que a lembrança é um prolongamento da sensação, a imaginação é um começo dela, um esboço. No fundo, a poesia da arte reduz-se em parte ao que se chama de a "poesia da lembrança". A imaginação artística não faz senão trabalhar sobre o fundo de imagens fornecido, a cada

---

1. Extraímos essas páginas do livro sobre *A arte do ponto de vista sociológico*, para complementar o estudo sobre a ideia de tempo que vocês acabaram de ler.

um de nós, pela memória. Deve, portanto, existir, até na lembrança, algum elemento de arte. No fundo, a lembrança oferece por si própria as características que distinguem, segundo Spencer, qualquer emoção estética. É um jogo da imaginação, e um jogo sem compromisso, precisamente porque ele tem como objeto o passado, ou seja, aquilo que não pode mais ser. Além disso, a lembrança é, de todas as representações, a mais fácil, aquela que economiza o máximo de força. A grande arte do poeta ou do romancista é despertar em nós as lembranças: praticamente, nós só sentimos o belo quando ele nos lembra alguma coisa. E o próprio belo das obras de arte não consistiria, em parte, na maior ou menor vivacidade dessa evocação?

Acrescentemos que as emoções passadas se apresentam a nós em uma espécie de distanciamento, um pouco indistintas, misturadas umas às outras. Elas são assim mais fracas e mais fortes ao mesmo tempo, porque elas entram umas nas outras sem que seja possível separá-las. Nós desfrutamos, portanto, com relação a elas, de uma maior liberdade, porque, indistintas como são, podemos mais facilmente modificá-las, retocá-las, jogar com elas. Enfim, eis aí o ponto importante, a lembrança por si própria altera os objetos, transforma-os, e essa transformação se realiza geralmente em um sentido estético.

O tempo age na maioria das vezes sobre as coisas à maneira de um artista que embeleza tudo com a aparência de lhe permanecer fiel, através de uma espécie de magia própria. Eis como é possível explicar cientificamente esse trabalho da lembrança. Produz-se em nosso pensamento uma espécie de luta pela vida entre todas as nossas impressões. Aquelas que não nos tocaram com bastante força se apagam, e só subsistem a longo prazo as impressões fortes. Em uma paisagem – por exemplo, um pequeno bosque à beira de um rio –, esqueceremos tudo aquilo que era acessório, tudo aquilo que vimos sem observar, tudo aquilo que não era distintivo e característico, *significativo* ou *sugestivo*. Esqueceremos até mesmo a fadiga que podemos ter experimentado, se ela foi leve, as pequenas preocupações de todo tipo, as mil ninharias que distraem a nossa atenção. Tudo isso será levado embora, apagado, só restará aquilo que era profundo, aquilo que deixou em nós uma marca viva e vivaz: o frescor do ar, a maciez da relva, os tons das folhagens, as sinuosidades do rio etc. Ao redor desses traços salientes, a sombra se fará, e eles aparecerão sozinhos na luz interior. Em outras palavras, toda a força dispersada em impressões secundárias e fugitivas terá sido recolhida, concentrada. O resultado será uma imagem mais pura, para a qual poderemos, por assim dizer, nos voltar por inteiro, e que se revestirá, assim, de um caráter mais estético.

Em geral, toda a percepção indiferente, todo o detalhe inútil prejudica a emoção estética. Suprimindo aquilo que é indiferente, a lembrança permite, portanto, o aumento da emoção. Isolar é, em uma certa medida, embelezar. Além disso, a lembrança tende a deixar escapar aquilo que foi penoso para só conservar o que foi agradável ou, pelo contrário, francamente doloroso. É um fato conhecido que o tempo suaviza os grandes sofrimentos; mas o que ele faz desaparecer, sobretudo, são os pequenos sofrimentos surdos, os incômodos leves, aquilo que entravou a vida sem detê-la, todos os pequenos espinhos do caminho. Deixamos isso para trás e, no entanto, essas ninharias se misturaram às nossas mais doces emoções. Foi alguma coisa amarga que, em lugar de permanecer no fundo da taça, se evapora, ao contrário, quando é bebida. Quando estamos aborrecidos pelo longo tempo à espera de uma pessoa, quando finalmente a encontramos e ela nos sorri, esquecemos em um único lance a longa hora passada na monotonia da espera. Essa hora parece constituir no passado apenas um ponto sombrio, logo apagado: eis aí um simples exemplo daquilo que se passa incessantemente na vida. Tudo aquilo que era cinzento, apagado, descolorido (em suma, a maior parte da existência) dissipa-se, tal como um nevoeiro que nos ocultasse o lado luminoso das coisas. E vemos surgirem apenas os raros instantes que fazem que a vida valha a pena ser vivida. Esses prazeres, com as dores que os compensam, parecem preencher todo o passado, quando na realidade a trama da nossa vida foi bem antes indiferente e neutra, nem muito agradável, nem muito dolorosa, e sem grande valor estético.

Estamos em fevereiro e os campos estão cobertos de neve a perder de vista. Fui à tarde dar um passeio no parque, ao sol poente. Eu caminhava na neve macia: por cima de mim, à direita e à esquerda, todos os arbustos, todos os galhos das árvores faiscavam de neve, e essa brancura virginal que recobria tudo ganhava um tom róseo sob os últimos raios do sol. Eram cintilações sem fim, uma luz de uma pureza incomparável. Os pilriteiros pareciam cheios de flores e as macieiras floresciam, e as amendoeiras floresciam, e até os pessegueiros – que pareciam rosas – e até o capim: uma primavera um pouco mais pálida e sem verdura resplandecia sobre tudo. No entanto, como tudo isso era frio! Uma brisa gélida exalava desse imenso campo de flores, e essas corolas brancas gelavam a ponta dos dedos que as tocavam. Vendo essas flores tão frescas e tão mortas, eu pensava nessas doces recordações que dormem em nós, e entre as quais nos perdemos algumas vezes, tentando reencontrar nelas a primavera e a juventude. Nosso passado é uma neve que cai e se cristaliza lentamente em nós, abrindo aos nossos olhos perspectivas infinitas e deliciosas, efeitos de luz e de miragem, seduções que são apenas novas ilusões. Nossas paixões passadas não são mais do que um espetáculo: nossa vida produz em nós mesmos o efeito da arte de um quadro, de uma obra semi-inanimada, semiviva. As únicas emoções que ainda vivem sob essa neve, ou que estão prontas para reviver, são aquelas que foram profundas e grandes. A lembrança é, assim, como um juízo emitido sobre as nossas emoções. É ela que permite apreciar melhor sua força comparativa: as mais fracas condenam-se a si próprias, esquecendo-se. É depois de um certo tempo decorrido que se pode julgar bem o valor de uma determinada impressão estética (causada, suponhamos, pela leitura de um romance, a contemplação de uma obra de arte ou de uma bela paisagem). Tudo aquilo que não era poderoso se apaga; toda a sensação ou todo o sentimento que, além da intensidade, não apresentava um grau suficiente de organização interior e de harmonia se turva e se dissolve. Ao contrário, aquilo que era viável vive; o que era belo ou sublime impõe-se e imprime-se em nós com uma força crescente.

A lembrança é uma classificação espontânea e uma localização regular das coisas ou dos acontecimentos, o que lhe confere ainda um valor estético. A arte nasce com a reflexão. Como a Psique da fábula, a reflexão é encarregada de desembaraçar esse monte de lembranças. Ela procede a isso com a paciência das formigas; ela organiza todos esses grãos de areia em uma certa ordem, dá-lhes uma certa forma. Ela constrói com eles um edifício: a forma exterior que toma esse edifício, a disposição geral que ele ostenta, é o que nós chamamos de tempo. Para constatar a mudança e o movimento, é preciso ter um ponto fixo. A gota d'água não se sente correr, embora ela reflita sucessivamente todos os objetos que estão em suas bordas: é porque ela não conserva a imagem de nenhum deles. Quem, portanto, nos dará esses pontos fixos necessários para fornecer a consciência da mudança e a noção do tempo? É a lembrança – ou seja, simplesmente a persistência de uma *mesma* sensação ou de um mesmo sentimento sob os outros. De hábito, as diversas épocas da nossa vida encontram-se dominadas por um determinado sentimento que lhes comunica seu caráter distintivo e proeminente. Nossos acontecimentos interiores agrupam-se em torno de impressões e de ideias soberanas: eles tomam emprestado delas a sua unidade. Graças a elas, eles formam corpos. Titus*, segundo se diz, contava seus dias por suas boas ações; mas as boas ações de Titus são um pouco problemáticas. Aquilo que é certo é que, para o escritor, por exemplo, uma determinada época da sua vida acaba por deter-se inteiramente em uma determinada obra que ele compunha durante essa época. O músico tem apenas de cantar interiormente uma série de melodias para despertar as lembranças de um determinado período da sua existência. O pintor vê seu passado através das cores e das formas, dos poentes, das auroras, dos matizes de verdor. Toda a nossa juventude vem, muitas vezes, agrupar-se em torno de uma imagem de mulher, incessantemente presente em nossos acontecimentos de então. Cada objeto desejado ou fortemente querido, cada ação enérgica

---

* Titus Flavius Sabinus Vespasianus (39-81 d. C.), imperador romano (entre 79 e 81 d. C.), filho de Vespasiano. (N. T.)

ou persistente atrai para ela, como um ímã, nossas outras ações, que se vinculam todas a ela por um lado ou por outro. Assim, estabelecem-se centros interiores de perspectiva estética. Os índios, para se lembrarem dos grandes acontecimentos, faziam nós em uma corda, e esses nós, dispostos de mil maneiras, evocavam por associação um passado longínquo. Em nós também se encontram pontos onde tudo vem se ligar e se enlaçar, de tal maneira que nos basta seguir com os olhos essas séries de nós interiores para reencontrar e rever, uma após outra, todas as épocas da nossa vida. A vida da lembrança é uma composição ou sistematização espontânea, uma arte natural.

Podemos concluir, de tudo o que precede, que o fundamento mais sólido sobre o qual trabalha o artista é a lembrança: a lembrança daquilo que ele sentiu, ou viu como homem, antes de ser artista de profissão. A sensação e o sentimento podem um dia ser alterados pelo ofício, mas a lembrança das emoções da juventude não. Ela conserva todo o seu frescor, e é com esses materiais não corruptíveis que o artista constrói suas melhores obras, suas obras vividas. Eugénie de Guérin* escreveu, folheando papéis "repletos de seu irmão": "Essas coisas mortas que causam, creio, mais impressão do que quando estavam vivas, e o *ressentir* é mais forte que o sentir". Diderot escreveu em alguma parte:

---
* Poeta e escritora francesa (1805-1848), irmã do também poeta Maurice de Guérin (1810-1839). (N. T.)

"Para que o artista me faça chorar, é necessário que ele não chore!" Mas, responde-se com razão, é necessário *que ele tenha chorado*: é preciso que sua entonação conserve o eco dos sentimentos experimentados e desaparecidos. E acontece do mesmo modo no caso do escritor[2].

A escola clássica conheceu bem o efeito estético do afastamento no tempo. Mas seu procedimento ainda consiste apenas em transportar os acontecimentos para um passado *abstrato*. Os gregos de Racine praticamente só são gregos pela data na qual foram colocados, e que permanece

---

2. O prazer vinculado ao que é histórico foi poeticamente expresso por Théophile Gautier, no *Romance da múmia*: um inglês, lorde Evandale, um sábio alemão e sua escolta, após terem percorrido, em uma sepultura egípcia, os diversos corredores e as diversas salas, chegam à entrada da última, a "Sala dourada", aquela que contém o sarcófago.

"Sobre a fina poeira cinzenta que cobria o solo, desenhava-se muito claramente – com a impressão do dedão, dos outros quatro dedos e do calcanhar – a forma de um pé humano, o pé do último sacerdote ou do último amigo que havia se retirado – 1.500 anos antes de Cristo – após haver prestado ao morto as supremas homenagens. A poeira, tão eterna no Egito quanto o granito, havia moldado essa pegada e a conservava há mais de trinta séculos, como as lamas diluvianas endurecidas conservam as marcas dos pés de animais que as pisaram.

– Vejam esta pegada humana, cuja extremidade se dirige para a saída do hipogeu... Esse tênue vestígio, que um sopro teria varrido, durou mais tempo do que algumas civilizações, do que alguns impérios, do que as próprias religiões e do que alguns monumentos que se acreditava serem eternos.

Pareceu-lhe, segundo a expressão de Shakespeare, que 'a roda do tempo havia saído do seu trilho': a noção da vida moderna apagou-se para ele... Uma mão invisível havia virado a ampulheta da eternidade e os séculos, caídos grão a grão como as horas na solidão e na noite, recomeçavam sua queda..." (p. 35-7).

na maioria das vezes uma simples etiqueta, um simples número, sem nos fazer ver a Grécia de então. A escola *histórica*, ao contrário, transporta os acontecimentos para o passado concreto. Ela pratica o realismo, mas o idealiza pelo simples recuo e pelo efeito do distanciamento. Spencer constata, sem apresentar uma explicação para isso, que todo o objeto primeiramente útil aos homens – e que agora deixou de sê-lo – parece belo. Existem para esse fato, segundo pensamos, diversas razões. Em primeiro lugar, tudo aquilo que serviu ao homem interessa a ele por isso mesmo. Eis uma armadura, uma louça, elas serviram aos nossos pais e, portanto, nos interessam, mas elas não servem mais; por isso, elas perdem imediatamente esse caráter de trivialidade que carrega necessariamente consigo a utilidade cotidiana. Elas não despertam mais senão uma simpatia descompromissada. A história tem como característica engrandecer e poetizar qualquer coisa. Através da história, faz-se uma depuração, deixando subsistir apenas as características estéticas e grandiosas. Os objetos mais ínfimos são despojados daquilo que existe de trivial, de comum, de vulgar, de grosseiro e de acrescentado pelo uso cotidiano: não resta em nosso espírito, dos objetos recolocados assim no tempo passado, senão uma imagem simples, a expressão do sentimento primitivo que os fez. E aquilo que é simples e profundo não tem nada de vil. Uma lança do tempo dos gauleses só nos recorda a grande ideia que fez a arma, seja ela qual for: a ideia de defesa e força. A lança é o gaulês defendendo seu lar e a velha terra gaulesa. Um arcabuz do tempo das Cruzadas só desperta em nós as imagens fantásticas dos tempos longínquos, das velhas lutas entre as raças do ocidente e do oriente. Mas um fuzil Gras* ou um sabre é para nós as calças vermelhas e muito largas do soldado que passa na rua, com sua figura muitas vezes corada e mal desperta de camponês que saiu da sua aldeia. Portanto, tudo aquilo que nos chega através da história nos aparece em sua simplicidade. Ao contrário, o útil de cada dia, com sua sobrecarga de trivialidade, permanece prosaico; e eis porque o útil, tornando-se histórico, torna-se belo.

O antigo é uma espécie de realidade purificada pelo tempo. "Toda época", diz Elisabeth Browning**, "em razão mesmo de sua perspectiva demasiado próxima, é mal percebida por seus contemporâneos. Suponhamos que o monte Athos*** tivesse sido esculpido, de acordo com o plano de Alexandre****, como uma colossal estátua humana. Os camponeses que fossem apanhar ervas em sua orelha jamais teriam pensado – tal como os bodes que lá pastavam – em procurar ali uma forma com traços humanos. E eu conside-

---

* Tipo de arma que equipava a infantaria francesa no século XIX. (N. T.)
** Elizabeth Barrett Browning (1806-1861). Poeta e escritora britânica, casada com o também poeta Robert Browning. (N. T.)
*** Montanha da Grécia, com 2.033 metros de altitude. (N. T.)
**** Alexandre, o Grande (356-323 a. C.), rei da Macedônia entre 336 e 323 a. C.). (N. T.)

ro, de fato, que lhes teria sido necessário se afastarem cinco milhas dali para que a imagem gigante se manifestasse aos seus olhares como um pleno perfil humano, nariz e queixo distintos, boca murmurando ritmos silenciosos em direção ao céu e alimentada de dia pelo sangue dos sóis; grande busto, mão que teria derramado perpetuamente a largueza de um rio sobre as pastagens da região. Acontece do mesmo modo com os tempos em que vivemos: eles são demasiado grandes para que se possa vê-los de perto. Mas os poetas devem desenvolver uma dupla visão: ter olhos para verem as coisas próximas com tanta amplidão como se tivessem seu ponto de vista de longe e as coisas distantes de uma maneira tão íntima e profunda como se eles as tocassem. É aquilo para o que devemos tender. Desconfio de um poeta que não vê caráter nem glória em sua época e que faz rolar sua alma quinhentos anos para trás, atrás de fossos e pontes levadiças, na corte de um velho castelo, para aí cantar algum negro chefe"[3].

---

3. Elisabeth Browning, quinto capítulo de *Aurora Leigh*.

Apêndice 2

O tempo

Guyau voltou ainda à poesia do tempo em seus *Versos de um filósofo*; eis a peça intitulada *O tempo*.

I | O passado

Não podemos pensar o tempo sem sofrer com isso.
Sentindo-se durar, o homem sente-se morrer:
Esse mal é ignorado por toda a natureza.
Com os olhos fixos no chão, em uma onda de poeira,
Vejo passar lá adiante, em rebanho, grandes bois;
Sem jamais voltarem suas cabeças para trás,
Eles se vão com passos pesados, dolentes mas não infelizes;
Eles não percebem a longa linha branca
Da estrada fugindo diante deles, atrás deles,
Sem fim, e em sua fronte, que se inclina sob a chibata
Nenhum reflexo do passado ilumina o futuro.

Tudo se mistura para eles. Às vezes eu os invejo:
Eles não conhecem a ansiosa lembrança,
E vivem surdamente, ignorando a vida.

Noutro dia sonhei com a casinha
Onde outrora eu morava, no alto da colina,
Tendo, ao longe, o imenso mar como horizonte.
Para lá subi alegremente: sempre se imagina
Que se terá prazer em perturbar o passado,
Em fazê-lo sair, espantado, da bruma.
Depois pensei: meu coração, aqui, nada deixou;
Eu vivi – eis tudo – eu sofri, eu pensei,
Enquanto, diante de mim, a eterna amargura
Do mar fremente ondeava sob os céus.
Eu não trazia, oculto no meu ser, outro drama
Que o da vida: saldando esses lugares;
Por que, então, se desfez subitamente toda a minha alma?...

Era eu mesmo, infelizmente, que estava perdido.
Ó, como eu estava longe! E que sombra ascendente
Já me envolvia no meio da descida
Sob o pesado horizonte da vida opressiva?

Profundidades em mim abriam-se ao meu olhar,
Viver! Haverá, no fundo, algo de mais implacável?
Esvair-se sem saber para que fim, ao acaso,
Sentir-se dominado pelo momento inapreensível!

Seguimos em frente, como exilados,
Não podendo pisar duas vezes no mesmo lugar,
Ou sentir a mesma alegria – e, sem descanso, somos chamados
Para o novo horizonte que nos abre o espaço.

Ó, quando descemos ao fundo do nosso coração,
Quantos doces caminhos através dos nossos pensamentos,
Recantos perfumados, onde gorjeiam em coro
As vivas lembranças, vozes das coisas passadas!

Como desejaríamos, mesmo que por um momento,
Voltar para trás e, trêmulos de embriaguez,
Percorrer novamente o encantador meandro
Que escava, escoando-se em nossos corações, a juventude!

Mas não, nosso passado fechou-se para sempre,
Sinto que me torno um estranho à minha própria vida;
Quando ainda digo: – Meus prazeres, meus amores,
Minhas dores, – posso assim falar sem ironia?

Quanta impotência manifesta-se nessa palavra bem humana!
Lembrar-se! – Ver-se lentamente desaparecer,
Sentir vibrar sempre como que o eco longínquo
De uma vida na qual não se pode mais renascer!

Todo esse mundo já perdido que eu povoei
Com minha própria alma ao acaso dispersa,

Com a esperança alegre de meu coração em voo,
Em vão, quero ainda fixar nele o meu pensamento:
Tudo se altera, por graus, nesse quadro movediço,
Escapo de mim mesmo! Com esforço, tento
Reatar os fios dessa doce meada
Que foi a minha vida. Ai de mim! Sinto minha mão trêmula
Perder-se nesse passado que eu queria rebuscar.
Quando, após um longo tempo, revejo os rostos
Dos amigos que vinham sentar-se junto à lareira,
Eu me espanto: minha alma hesita e se divide
Entre suas lembranças e a realidade.
Eu bem os reconheço, mas no entanto me sinto
Inquieto junto a eles, quase desencantado;
Talvez, eles também sintam o que eu sinto:
Todos, nos reencontrando, ainda nos procuramos.
Entre nós veio colocar-se todo um mundo;
Chamamos em vão esse caro passado que dorme,
Esperamos, ingênuos, que ele desperte e responda;
Mas ele, para sempre submerso sob o tempo que se eleva,
Permanece pálido e morto; tudo é ainda o mesmo,
Creio, ao nosso redor; em nós, tudo está mudado:
Nossa reunião se parece com um supremo adeus.

II | O futuro

Numa manhã, parti sozinho para escalar um monte,
A noite ainda velava a montanha serena,

Mas sentia-se chegar o dia; para tomar fôlego,
Voltei a cabeça; um abismo tão profundo
Abriu-se diante dos meus pés, na sombra mais límpida,
Que uma angústia me tomou e, dominado pelo terror,
Sentindo meu coração bater na vertigem do vazio,
Fiquei a sondar o abismo aberto diante de mim.
Enfim, com esforço, levantei a cabeça.
Por toda parte, o rochedo íngreme estendia-se como uma
                                               parede negra;
Mas lá no alto, bem no alto, longínquo como a esperança,
Vi, no céu puro, erguer-se o livre cume.
Ele parecia vibrar ao sol matutino;
Trazendo a seu lado sua geleira de cristal,
Ele erguia-se enrubescido por uma aurora sublime.
Então, esqueci de tudo, do áspero rochedo a escalar,
Da fadiga, da noite, da vertigem e do abismo
No fundo do qual, dormindo como a lembrança,
Um lago verde estendia-se, rodeado de gelo:
Num impulso, sem tirar os olhos da montanha,
Sentindo reviver em mim a vontade tenaz,
Escalei o rochedo e acreditei, feliz,
Ver minha força aumentar aproximando-me dos céus.

Vazio surdo e profundo que em nossos corações o tempo deixa,
Abismo do passado, tu, cuja visão oprime
E dá vertigens a quem te ousa sondar,
Eu quero, para reencontrar minha força e minha juventude,

Longe de ti, com a cabeça erguida, caminhar e observar!
Dias sombrios ou alegres, jovens horas fanadas,
Desvanecei-vos na sombra dos anos;
Não mais chorarei vos vendo murchar,
E, deixando o passado fugir sob mim como um sonho,
Irei para o desconhecido sedutor que se levanta,
Para esse vago ideal que no futuro desponta,
Cume virgem e que nada de humano pôde ofuscar.
Seguirei meu caminho, indo para onde me convidar
Minha visão longínqua, errada ou verdadeira:
Tudo aquilo que a alvorada ainda ilumina, tem beleza;
O futuro significa para mim todo o valor da vida.
Será que ele me parece tão doce porque está muito longe?
E quando eu acreditar, luminosa esperança,
Tocar-te com a mão, não te verei
Cair e subitamente te transformar em sofrimento?
Não sei... É ainda de alguma lembrança
Que me vem esse temor em meu coração renascente;
Alguma decepção de outrora me assombra,
E, de acordo com meu passado, eu julgo o futuro.
Esqueçamos e sigamos em frente. O homem, nesta terra,
Se nunca se esquecesse, poderia esperar?
Gosto de sentir sobre mim este eterno mistério,
O futuro – e, sem medo, nele penetrar:
A felicidade mais doce é aquela que se espera.

Apêndice 3
Da origem das religiões*

Foram emitidas, recentemente, novas teorias sobre a origem e a formação das religiões. Conhece-se a doutrina de Herbert Spencer que, por um retorno refletido ao evemerismo**, reduz inteiramente o culto aos deuses ao culto aos ancestrais. Em um livro que acaba de ser traduzido para o francês, Max Müller expõe uma teoria bem diferente, embora não menos digna de atenção: segundo ele, o desenvolvimento de todas as religiões se reduz à evolução de uma única e mesma ideia, a ideia de *infinito* que, desde o começo, teria estado mais ou

---

* "De l'origine des religions", artigo publicado na *Revue philosophique de la France et de l'étranger* (Tomo VIII, 1879, p. 561-84). Trata-se de uma análise crítica dos livros *Origem e desenvolvimento da religião estudados à luz das religiões da Índia*, de Max Müller (tradução francesa por G. Darmesteter, Paris: C. Reinwald, 1879), e *Princípios de sociologia* (Tomo I), de Herbert Spencer. (N. T.)
** Doutrina que considera os deuses pagãos como homens que foram divinizados depois da morte. (N. T.)

menos presente no espírito de todos os homens[1]. Nós nos propomos a estudar aqui, depois de avaliá-la rapidamente, a teoria de Max Müller e, para isso, teremos de aproximá-la, por vezes, de algumas páginas dos *Princípios de sociologia*.

I

O verdadeiro assunto do último livro de Max Müller é a história do desenvolvimento do pensamento religioso entre os hindus. Mas essa história magistral, que se esforça para reconstituir a evolução da fé ariana em seus períodos sucessivos, está enquadrada em capítulos de um alcance muito mais geral sobre a origem do sentimento religioso e sobre o fetichismo – essa forma de religião que os positivistas consideram como a sua forma primitiva. O livro inteiro está semeado de páginas de uma grande beleza, onde se reencontrará o espírito dos Matthew Arnold, dos Straus e dos Renan, esse espírito de condescendência enternecida com relação aos erros humanos, essa indulgência quase paternal com que a ciência em

---

[1]. Max Müller já havia expressado as mesmas ideias em outro lugar (ver a *Introdução à ciência da religião*, p. 17), mas sob uma forma muito vaga e talvez demasiadamente literária. Hoje, ele retoma essa teoria, desenvolve-a com vigor e, ao mesmo tempo, corrige aquilo que a primeira expressão tinha de exagerado. "É raro", diz ele, "que eu aprove sem reservas aquilo que escrevi com alguns anos de distância." Essa palavra é a de um grande espírito, que sabe que o pensamento deve sempre ser progressivo, que só têm ideias absolutamente imutáveis aqueles que não têm ideias pessoais e que os espíritos que voam alto são também os que melhor podem mudar de horizonte.

idade madura encara as hesitações das crianças e dos povos na infância. "O pai inquieta-se com o nome estranho e ininteligível pelo qual seu filho o chama, da primeira vez em que ele o chama por um nome?" Também não se inquieta com isso o Ser desconhecido que todos os homens – e os hindus muito tempo antes dos outros – têm chamado de seu pai. O sábio deve colocar-se um pouco no lugar dele: diante das crenças dos povos primitivos, ele deve estar repleto de simpatia humana e de amorosa piedade – *dayâ*, como se diz em sânscrito. Ele deve ficar comovido, mas não ser enganado. "Quanto mais envelhecemos, melhor aprendemos a compreender a sabedoria da fé da infância. Mas, antes de aprendê-la, é necessário aprender uma outra coisa: a nos desembaraçar das próprias ideias da infância. O sol poente tem a mesma doçura de calor que o sol nascente, mas entre os dois existe o espaço de todo um mundo, há uma viagem através de toda a extensão do céu, sobre toda a extensão da terra." (p. 329)

Na obra de Max Müller, encontra-se a aliança, tão frequente no espírito inglês, entre as tendências positivas e empiristas e um certo misticismo suave e vago. Esse misticismo temperado não chega a ser observado, às vezes, até mesmo em Darwin? Max Müller aceita de bom grado o axioma: *Nihil in fide quod non antea fuerit in sensu** (p. 213). Mas, segundo ele, nas percepções das coisas finitas através dos sen-

---

* "Não há nada na fé que não tenha estado antes nos sentidos". (N. T.)

tidos está contida a própria percepção do infinito, e é essa ideia de infinito, ao mesmo tempo sensível e racional, que vai se tornar o verdadeiro fundamento da religião. Com os cinco sentidos do selvagem, Max Müller encarrega-se de fazê-lo sentir – ou, pelo menos, *pressentir* – o infinito, desejá-lo, aspirar a ele. Consideremos, por exemplo, o sentido da visão: "O homem vê até um certo ponto, e ali seu olhar se quebra. Mas, precisamente no ponto em que seu olhar se quebra, impõe-se a ele – queira ou não – a percepção do ilimitado, do infinito" (p. 34). Se é possível dizer, acrescenta Max Müller, que não se trata de uma percepção no sentido ordinário da palavra, é menos ainda um puro raciocínio: "se parece muito ousado dizer que o homem vê realmente o invisível, digamos que ele *sofra* do invisível e esse invisível é apenas um nome particular do infinito". Não somente o homem apreende necessariamente o infinito por fora do finito, como que o envolvendo, mas ele o percebe no próprio interior do finito, como que o penetrando. A divisibilidade ao infinito é uma evidência sensível, mesmo quando a ciência parece exigir como postulado a existência do átomo. E o que acabamos de falar sobre o espaço se aplica ao tempo, à qualidade e à quantidade. "Além do finito, por trás do finito, por baixo do finito e no próprio seio do finito, o infinito está sempre presente aos nossos sentidos. Ele nos comprime, transborda-nos por todas as partes. Aquilo que chamamos de finito, no tempo e no espaço, é apenas o véu, a rede que nós mesmos lançamos sobre o infinito" (p. 203). E que não nos façam a objeção de que as línguas primitivas não exprimem de maneira alguma essa ideia do infinito, do além, que é dada com qualquer sensação limitada: será que as línguas antigas sabiam designar as infinitas nuances das cores? Demócrito só conhecia quatro cores: o preto, o branco, o vermelho e o amarelo. Dirão, portanto, que os antigos não viam o azul do céu? O céu era azul para eles como é para nós, mas eles não haviam encontrado a fórmula de sua sensação. Assim ocorre com o infinito, que existe para todos, mesmo para aqueles que não chegam a nomeá-lo. Ora, o que é o infinito, se não for o objeto último de qualquer religião? O ser religioso é aquele que não está satisfeito com uma ou outra sensação limitada, que busca em toda parte o além, diante da vida assim como diante da morte, diante da natureza assim como diante de si próprio. Sentir *alguma coisa* que não é possível traduzir inteiramente por conta própria, tomar-se de veneração por esse desconhecido que atormenta, depois procurar dar-lhe um nome, evocá-lo balbuciante – eis aí o começo de todo culto religioso. A religião do infinito compreende e precede, portanto, todas as outras, e como o próprio infinito é dado diretamente pelos sentidos, segue-se que "a religião não é senão um desenvolvimento da percepção dos sentidos, do mesmo modo que a razão" (p. 24).

Do ponto de vista em que se colocou, Max Müller critica igualmente os positivistas, que veem no fetichismo a religião primitiva, e os ortodoxos, que encontram no monoteísmo o tipo natural e ainda não alterado da religião (p. 48, 232). Segundo ele, invocar um deus – ou deuses – já é ter a ideia do divino, do infinito. Os deuses são apenas as formas diversas, mais ou menos imperfeitas, com as quais os diversos povos revestem a ideia religiosa, única para todos. A religião é, por assim dizer, uma linguagem através da qual os homens têm buscado traduzir uma mesma aspiração interior: fazerem-se compreender pelo grande ser desconhecido. Se sua boca ou sua inteligência pôde traí-los, se a diversidade e a desigualdade dos cultos é comparável à diversidade e à desigualdade das línguas, isso não impede, no fundo, que o verdadeiro princípio e o verdadeiro objeto de todos esses cultos e de todas essas línguas sejam praticamente os mesmos. Segundo Max Müller, um fetiche é apenas um símbolo, que pressupõe uma ideia simbolizada; de um fetiche não pode sair a ideia de deus, a não ser que ela já esteja ligada a ele. "Quaisquer objetos – pedras, conchas, um rabo de leão ou uma mecha de cabelos – não possuem por si próprios uma virtude teogônica e produtora dos deuses" (p. 117). Portanto, os fenômenos do fetichismo têm sempre antecedentes históricos e psicológicos. As religiões não começam pelo fetichismo, mas é mais verdadeiro dizer que elas acabam nele. Não existe nem uma sequer que tenha se mantido pura com relação a isso (p. 110). Os portugueses católicos, que censuravam os negros por causa de seus *feitiços**,

---

* Em português, no original. (N. T.)

não eram os primeiros a terem seus rosários, suas cruzes e suas imagens benzidas pelos padres, antes de partirem de sua pátria?

Se, de acordo com Max Müller, o fetichismo não é a forma primitiva da religião e se o monoteísmo consciente também não é, será mais exato dizer que a religião primeira, pelo menos nas Índias, consistiu no culto a diversos objetos tomados sucessivamente e isoladamente: é aquilo que Max Müller chama com um nome forjado por ele, o *henoteísmo** (εις, ενος, em oposição a μονος**) (p. 238) ou, melhor ainda, o catenoteísmo*** (p. 246). No politeísmo comum, os deuses têm hierarquias, categorias diversas. A ordem reina nesse céu imaginário, mas no princípio essa ordem não devia existir: cada deus se tornava o mais poderoso para aquele que o invocava. Indra, Varuna, Agni, Mitra e Soma**** recebiam sucessivamente os mesmos epítetos

---

* Crença em um único deus, mesmo levando-se em conta a existência de outros. (N. T.)

** Ein, enos, monos. (N. T.)

*** Doutrina segundo a qual existe apenas um deus de cada vez governando o mundo, enquanto as outras divindades ficariam esperando pela sua oportunidade. (N. T.)

**** Indra: Deus da guerra, das tempestades e da fertilidade, na mitologia védica.
Varuna: Deus do céu e da noite, na mitologia védica.
Agni: Deus do fogo e personificação do sol na mitologia hindu.
Mitra: Divindade cultuada na Índia e também no Irã (onde deu origem a uma religião bastante popular).
Soma: Deus da mitologia védica que, segundo a lenda, teria saído dos olhos de Brama. (N. T.)

(p. 258). É a anarquia precedendo à monarquia. "Entre vós, ó deuses, diz Rishi Manu Vaivasvata, não existem grandes, não existem pequenos; não existem velhos nem jovens; todos vós sois grandes, em verdade." É que todos eram símbolos diversos exprimindo uma mesma ideia: a da adoração por aquilo que ultrapassa o espírito, pelo infinito fugidio que nossos sentidos nos provam e escondem de nós.

É preciso ver Max Müller esforçando-se em reconstituir para nós a evolução do pensamento indiano bem antes do nascimento do budismo, que foi o protestantismo da Índia. Assistimos com ele a essa busca pelos deuses, que em nenhuma parte foi mais ansiosa e mais infatigável do que nesse grande país da meditação. Παντες δε θεων Χατεους ανθρωποι[2], dizia Homero. Esses deuses, a Índia praticamente não os buscou no domínio daquilo que é inteiramente *tangível*. Por esse termo, Max Müller entende aquilo que pode ser apalpado por todos os lados: pedras, conchas, ossos etc. Ao contrário, na presença dessas grandes montanhas nevadas – das quais a nossa plana Europa nem ao menos pode nos dar uma ideia –, desses rios imensos e benfazejos, com suas estrondosas quedas-d'água, suas cóleras súbitas, suas nascentes ignoradas, e, do oceano em que os olhos se perdem, o hindu sentia-se diante de coisas

---

2. "Todos os homens têm necessidade dos deuses". (*Odisseia*, livro III.)

que ele só podia tocar e compreender parcialmente, cuja origem e a finalidade lhe escapavam: é o domínio do *semitangível*, do qual a Índia tomou emprestadas suas *semidivindades*. Elevando-se mais um degrau, o pensamento hindu devia chegar ao domínio do *intangível*, ou seja, daquelas coisas que, embora visíveis, escapam – no entanto – inteiramente ao nosso alcance. O céu, as estrelas, o sol, a lua e a aurora: foram essas, para a Índia, as verdadeiras divindades, ao número das quais é preciso acrescentar o trovão, que também desce do céu "uivando". O vento, por vezes tão terrível, mas que, no entanto, nos dias causticantes do verão, "verte o mel" sobre os homens e, por fim, a chuva, a chuva benfazeja, que é enviada pelo "deus chovedor", Indra, o mais popular dos deuses da Índia. Após terem criado assim os seus deuses e povoado o céu um pouco ao acaso, os hindus não tardaram a distribuí-los em classes e em famílias, a estabelecer entre eles genealogias. Algumas tentativas foram feitas para criar nesse céu, como no Olimpo dos gregos, um governo, uma autoridade suprema. Em diversos hinos, a ideia do deus Uno e pessoal, criador e senhor do mundo, é claramente expressa: é ele "o pai que nos engendrou, que conhece as leis e os mundos, que é o único a dar nomes aos deuses" (*Rig.*, X, 82).

Mas o espírito hindu devia se elevar ao mesmo tempo acima do politeísmo grego e do monoteísmo hebreu por uma nova evolução. É belo divinizar a natureza, mas existe alguma coisa de ainda mais religioso: é negá-la. Pode-se dizer, desenvolvendo o pensamento de Max Müller, que a firme crença na realidade desse mundo e no valor desta vida talvez entre como elemento essencial na crença em um deus pessoal, superior ao mundo e distinto dele, tal como é o Jeová dos hebreus. Precisamente, o traço característico do espírito hindu é o ceticismo com relação a esse mundo, a persuasão da vaidade da natureza. O Deus hindu não poderia, portanto, ter nada em comum com Júpiter ou Jeová. Quem vê nas forças da matéria apenas um jogo dos sentidos, verá nas potências que supostamente dirigem essas forças apenas um jogo da imaginação; a fé no criador vai-se embora junto com a fé na criação. É em vão que os poetas reclamam para seus deuses a *çraddhâ*, a fé. Sobretudo Indra, o mais popular dos deuses, a quem se conferia o epíteto supremo de *Viçvakarman* (artesão universal), é aquele que é mais posto em dúvida, o mais renegado. "Não existe Indra, dizem alguns. Quem o viu? A quem nós louvaríamos?" (*Rig.*, VIII, 89, 3). É verdade que o poeta, após essas palavras amargas, faz aparecer de repente o próprio Indra, como no livro de Jó. "Eis-me aqui, ó meu adorador! Olhai-me, eis-me aqui! Em grandeza, eu ultrapasso a qualquer criatura." Mas a fé do poeta e do pensador reanima-se apenas por um instante. Entramos em um período de dúvida que Max Müller designa pelo nome de *adevismo* e que ele distingue cuidadosamente do ateísmo propriamente dito; os hindus, com efeito, não rejeitam a própria ideia de deus, o θεος* dos gregos. No entanto, eles buscam esse deus para além de todas as divindades pessoais e caprichosas que eles haviam adorado até então; todas essas divindades não são mais, para eles, senão nomes, mas nomes que denominam alguma coisa, algum ser desconhecido. "Não existe senão um ser, embora os poetas o chamem por mil nomes." O próprio Buda, que veio mais tarde e que não fez senão desenvolver as tendências já existentes no bramanismo, não era ateu, segundo Max Müller. O *adevismo* foi para a Índia, com algumas poucas exceções, apenas um período de transição, e esse grande povo o atravessou para elevar-se mais alto. No entanto, quanta ansiedade, quanta incerteza em alguns hinos que pertencem, sem dúvida, a essa época inquieta! Os poetas védicos cessam de glorificar neles o céu e a aurora. Eles não celebram mais a valentia de Indra ou a sabedoria de Viçvakarman e de Prajâpati**. "Eles vão", dizem eles mesmos, "como que sendo envolvidos por um nevoeiro e por palavras vazias" – "Meus ouvidos se desvanecem", diz um outro, "meus olhos se desvanecem, e também a luz que habita em meu coração. Minha alma, com suas aspirações longínquas, abandona-me; o que direi? O que pensarei?". "De onde vem essa criação, e se ela é ou não a obra de um criador – aquele que contempla do alto do firmamento,

---

* Teos. (N. T.)
** Senhor da criação no panteão védico. (N. T.)

aquele o sabe. Talvez ele mesmo não o saiba." (*Rig.*, X, 129) Quanta profundidade nessas últimas palavras e como – desde essa época – o problema da criação havia sido sondado pelo espírito humano! Mas a evolução de ideias indicada por essas passagens dos hinos vai continuar, acabando nos *Upanishads**, que são as últimas obras da literatura védica e onde toda a filosofia religiosa do período se acha condensada. Após ter procurado por muito tempo, o hindu acredita poder, enfim, exclamar: "Eu encontrei!". Max Müller cita-nos o espantoso diálogo entre Prajâpati e Indra, no qual esse último adquire, após um longo esforço, o conhecimento desse "eu oculto no coração", do Atman, que Kant chamará de o "eu numenal**". Indra crê primeiramente ver esse eu ao perceber sua imagem na água, seu corpo recoberto por vestes brilhantes. Mas não porque, quando o corpo sofre ou perece, o Atman pereceria. "Nada vejo de bom nesta doutrina." Em seguida, Indra crê que o Atman se revela no sonho, nesse estado em que o espírito flutua, possuído por não sei qual potência invisível, esquecendo-se das dores da vida. Mas não porque no sonho ainda se chora, ainda se sofre. Então o Atman, o eu supremo, não seria o homem adormecido sem sonhar, "repousando o repouso perfeito"? Foi

---

* Denomina-se *Upanishad* o conjunto dos textos sagrados do bramanismo. (N. T.)

** Referente a "númeno", termo kantiano que designa a realidade inteligível (objeto da razão), em oposição à realidade sensível (que não pode ser apreendida). (N. T.)

sempre a grande tentação do Oriente colocar seu ideal no repouso, no esquecimento, no sono profundo e suave. Mas não, esse ainda não é o Atman; "porque aquele que dorme não se conhece, ele não pode dizer '*Eu*'. Ele não conhece nenhum dos seres que são, ele está mergulhado no nada. Não vejo nada de bom nesta doutrina". É depois de haver transposto todos esses graus sucessivos que o pensamento hindu consegue enfim formular aquilo que lhe parece ser conjuntamente a mais profunda realidade e o supremo ideal, o Atman é o eu saindo de seu próprio corpo, libertando-se do prazer e da dor, tomando consciência de sua eternidade (*Upan.*, VIII, 7-12). É "o ser antigo, inapreensível, mergulhado no mistério... menor que o menor, maior que o maior, oculto no coração da criatura" (*Upan.*, II, 12, 20). Esse Atman, a "pessoa suprema", que o sábio acaba por perceber em si, que constitui o fundo de nós mesmos, é também o fundo de todos os outros seres. E assim o *Atman*, o eu subjetivo, é idêntico a *Brama*, o eu objetivo. Brama está em nós e nós estamos em todas as coisas. As distinções entre os seres se desvanecem, a natureza e seus deuses entram em Brama; Brama é "o próprio éter de nosso coração". "Tu és isso, *tat twam*", tal é a palavra da vida e do mundo inteiro. Reencontrar-se em todas as coisas e sentir a eternidade de tudo, eis a suprema religião. Essa será a religião de Espinosa. "Há um pensador eterno que pensa pensamentos não eternos; uno, ele preenche os desejos de muitos... O

Brama não pode ser atingido pela palavra, pelo espírito nem pelos olhos. Ele só pode ser apreendido por aquele que diz: ELE É." Esse Brama, em quem tudo se desvanece como em um sonho, "é o grande terror, tal como uma espada desembainhada". Mas ele também é a alegria suprema para aquele que o penetrou uma vez, ele é o apaziguamento do desejo e da inteligência. "Quem o conhece se torna imortal."

Chegamos, por fim, com Max Müller, "ao término da longa viagem que havíamos empreendido". Vimos a religião hindu desenvolver-se gradualmente, buscando apreender o infinito sob as suas formas mais diversas, até que finalmente ela chegou a denominá-lo com o seu nome mais sublime, Brama, o eterno pensador, do qual o mundo não passa de um pensamento fugidio. Agora os deuses estão mortos; os sacrifícios, os ritos e as observâncias de todos os tipos tornaram-se inúteis: o único culto que convém ao infinito é a meditação e o desprendimento. Todos os restos das primeiras religiões vão, portanto, desaparecer? Os templos outrora erguidos cairão como poeira? Agni, Indra... todos esses nomes luminosos serão para sempre esquecidos?

De modo algum, e aqui podemos encontrar, segundo Max Müller, na história das religiões da Índia, uma lição para nós, uma lição de tolerância e elevação. Os brâmanes compreenderam que "como o homem cresce da infância à velhice, a ideia do divino deve crescer em nós do berço à tumba... Uma religião que não pode viver e crescer conosco é uma religião morta". Os hindus, portanto, conservaram, na vida individual, períodos distintos: os *açramas*, como eles os chamam. Nos primeiros açramas, o crente invoca os deuses, oferece-lhes sacrifícios, envia-lhes suas preces. Somente mais tarde, quando ele cumpriu até o fim esses deveres ingênuos e temperou sua alma no longo contato com as jovens crenças, sua razão amadurecida eleva-se acima dos deuses, encara enfim todos os sacrifícios e as cerimônias como formas vãs, e não busca mais o culto senão na ciência suprema, que se tornou para ele a religião vedanta.

Assim, em uma mesma existência, diversas religiões encontram meios de se superpor sem se destruírem. Ainda hoje, em uma família de brâmanes, pode-se ver o avô, chegado ao término da evolução intelectual, olhar sem desdém para seu filho – que cumpre todos os dias com seus deveres sagrados – e para seu neto, que aprende a decorar os antigos hinos. Todas essas gerações vivem em paz, uma ao lado da outra. Da mesma maneira fazem as castas, das quais cada uma segue a crença adaptada ao alcance do seu espírito. Todos adoram, no fundo, um mesmo deus, mas esse deus se faz acessível a cada um deles, rebaixa-se até aos mais ínfimos. É que, como diz Max Müller, "uma religião que quer ser o traço de união entre o sábio e o pobre de espírito, entre os velhos e os jovens, deve ser flexível, deve ser elevada, profunda e ampla. Ela deve suportar tudo e estar aberta a todas as crenças e esperanças" (p. 334). Sejamos, portanto, tolerantes também, como nossos pais da Índia. Não nos indignemos contra as superstições acima das quais nos elevamos e que nos serviram de degraus para chegarmos aonde nos encontramos. Saibamos descobrir o que existe de bom e de verdadeiro em todos os credos da humanidade. Talvez todas as religiões humanas, livres das lendas que as alteram, possam fornecer aos espíritos elevados uma religião verdadeiramente completa. "Talvez os seus fundamentos mais profundos, como outrora as catacumbas ou as criptas das nossas catedrais, venham uma vez mais servir de asilo para aqueles que, em um ou outro credo, aspirem a alguma coisa melhor, mais pura e mais verdadeira que aquilo que eles encontram nos ritos, nos ofícios e nos sermões dos tempos onde o acaso os atirou."

II

O recente volume de Max Müller, do qual acabamos de apresentar este rápido esboço, é verdadeiramente digno daquilo que se poderia esperar do grande filólogo: é a visão de conjunto mais completa que possuímos sobre o desenvolvimento da religião nas Índias. Tudo nesse livro é sugestivo, até mesmo aquilo de que se poderia, algumas vezes, contestar a exatidão.

Dentre aquilo que nos pareceu ao mesmo tempo mais engenhoso e mais contestável, citaremos o parágrafo dedicado à divindade védica *Aditi*, um dos nomes da aurora. Vimos que Max Müller relaciona a origem da religião com a ideia de infinito. Ele acredita encontrar nos vedas uma confirmação inesperada dessa hipótese. "Vocês ficarão surpresos", diz ele, "como eu mesmo fiquei da primeira vez que o fato se apresentou diante de mim, quando eu disser que há realmente nos vedas uma divindade chamada Infinito, Aditi. *Aditi* deriva de *diti,* mais a negação *a. Diti* é um derivado regular da raiz *dâ* (dyati), ligar, daí o particípio *dita*, ligado, e o substantivo *diti,* 'ação de ligar' e 'laço'. *Aditi*, portanto, significou primeiramente 'que não tem laços, não encadeado, não enclausurado', daí: 'sem limites, infinito, o Infinito'." – Essa etimologia nos parece muito apropriada para mostrar, ao contrário, que a ideia de infinito não é de modo algum primitiva e que, quando os hindus invocaram pela primeira vez a aurora com o nome de Aditi, eles estavam muito longe de pensar no finito ou no infinito. A noite era para eles uma prisão e o dia, a libertação. Sabe-se que eles figuravam os dias sob a imagem de vacas luminosas, que saíam lentamente do estábulo noturno para avançar através das campinas do céu e da terra. Essas vacas são, às vezes, roubadas, enclausuradas por ladrões em cavernas escuras. A própria Aurora é retida nos abismos do Rita*: então, a noite ameaça reinar sem fim; mas os deu-

---

* Nome que recebe a ideia de "ordem verdadeira" na mitologia hindu. (N. T.)

ses põem-se a procurá-la. Indra chega e liberta a Aurora. Com sua ajuda, são encontradas as vacas mugidoras que, do fundo das cavernas, clamam pela liberdade. Parece-me que, inspirando-se nessas antigas lendas, é fácil determinar o sentido primitivo de Aditi: é a aurora que, retida não se sabe onde, consegue de repente romper suas amarras e, radiosa, surge a céu aberto. Libertada, ela liberta tudo, ela destrói o calabouço no qual a noite havia mergulhado o mundo. Aditi é a aurora livre e ao mesmo tempo libertadora. Por extensão, será a luz imortal e imperecível que nenhum poder pode velar ou esconder por mais de um dia, enquanto Diti significará aquilo que é mortal, perecível, encadeado nos laços da matéria. Parece que essa etimologia é bem simples e que, além do mais, ela se acha confirmada pelas lendas a que acabamos de fazer alusão.

É à parte puramente filosófica do belo livro de Max Müller que dirigimos nossas principais objeções. Falemos primeiramente destes capítulos, nos quais ele se recusa energicamente a ver no fetichismo a religião primitiva da humanidade. Ele apresenta uma definição filologicamente muito exata do fetichismo, quando diz que este "é o respeito supersticioso sentido ou testemunhado por verdadeiras *ninharias*, sem direito aparente a uma tal distinção". A infelicidade é que, entre os filósofos que colocaram o fetichismo na origem das religiões, nenhum jamais tomou essa palavra no sentido estreito e rigorosamente exato em que a toma Max Müller. Eles entendem por fetichismo aquilo que Müller distingue cuidadosamente dele sob os nomes de *fisiolatria* – ou culto prestado a objetos naturais que nada têm de ninharias – e de *zoolatria* – ou culto prestado aos animais. Portanto, as refutações de Max Müller não atingem realmente a doutrina que ele quer refutar e à qual ele opõe sua própria teoria.

Para elucidar a questão, deixaremos inteiramente de lado as palavras mal definidas, como *fetichismo*. No fundo, o problema agitado aqui é dos mais graves: trata-se de saber se a religião tem uma origem objetiva, se ela nos é dada com nossas próprias percepções e se, enfim, tem sua justificação na natureza de nossa inteligência e do mundo exterior apreendido por ela ou, ao contrário, se ela não tem um real fundamento objetivo, se ela nasce de uma interpretação inexata dos fenômenos e se foi inventada pelo homem, em vez de ser fornecida pelas coisas. Em duas palavras: a *religião* reduz-se à *superstição* ou, pelo contrário, a superstição é apenas uma deriva e uma alteração da religião?

É evidente, em nossa época, que a crença em um determinado deus – Indra, Júpiter ou Jeová – é uma superstição. Mas Max Müller emprega um meio engenhoso para salvar a origem dessas crenças comprometidas. Segundo ele, a noção do divino (sob a forma do infinito) teria precedido a dos deuses. Os deuses não seriam senão uma personificação posterior dessa grande ideia natural ao homem. Nossos ancestrais ajoelhavam-se mesmo antes de poderem nomear aquilo diante do que eles se ajoelhavam. Mesmo hoje em dia, quando terminamos por reconhecer como vãos todos os nomes que foram dados ao deus desconhecido, é possível para nós adorá-lo em silêncio. A religião, que fez os deuses, pode sobreviver a eles.

Em posição quase diametralmente oposta à de Max Müller encontra-se seu ilustre compatriota Herbert Spencer, que encara os deuses como simples heróis transfigurados pela lembrança, reduz a religião ao culto aos ancestrais e, desse modo, nega de uma maneira implícita que o sentimento do divino ou do infinito nos seja fornecido diretamente pelos sentidos. Todavia, ambos, apesar de tais divergências, estão de acordo em rejeitar a teoria que atribui o nascimento das religiões ao espanto que o homem experimenta diante de alguns fenômenos, à necessidade de explicação que dele se apodera e que o leva a colocar por trás das coisas vontades semelhantes à sua.

De acordo com Max Müller, não é possível comparar o selvagem com a criança que confunde a sua boneca bem vestida com um ser vivo e que bate na porta quando se choca com ela. O selvagem não é tão ingênuo. Ele distingue perfeitamente o animado do inanimado. Do mesmo modo, segundo Herbert Spencer, o homem primitivo não está, como a criança moderna, ocupado em perguntar o *porquê* de todas as coisas. Ele aceita aquilo que vê, como faz o animal, ele adapta-se espontaneamente ao mundo que o cerca; o espanto está acima dele. Acostumado à regularidade da natureza, ele espera pacientemente a sucessão dos fenômenos que ele já observou: o hábito sufoca nele a inteligência.

Parece-nos difícil que a tese sustentada ao mesmo tempo, e com finalidades totalmente opostas, por Max Müller e Herbert Spencer, possa ser defendida por muito tempo. O primeiro ponto, aqui, é saber se a distinção entre as coisas animadas e inanimadas é bem clara no homem primitivo; se todos os objetos da natureza são organizados por ele em duas classes distintas, sem confusão possível. Ora, isso parece-nos verdadeiramente insustentável. Como distinguir aquilo que dorme daquilo que é inanimado? Perpetuamente, os objetos inertes oferecem a aparência de vida e os objetos vivos, a da inércia. Lembro-me da surpresa de um gatinho no dia em que ele viu, em uma tempestade, todas as folhas mortas se levantaram em torno dele e ele saiu em disparada. Ele, primeiramente, pôs-se a salvo, depois voltou e perseguiu as folhas. Ele as cheirava, tocava nelas. Acrescentemos que os animais e os selvagens são muito lentos para corrigir seus erros, chegando a conservar por muito tempo um sentimento de desconfiança com relação àquilo que os enganou: um cão, voltando à noite para casa, percebeu um barril vazio fora do seu lugar habitual. Ele teve um medo extremo e latiu por longo tempo. Somente de dia ele ousou chegar bastante perto do objeto de seu espanto, examinou-o, deu voltas em torno dele e terminou – como as rãs de La Fontaine – por reconhecer que essa nulidade era inofensiva. Se o barril em questão tivesse desaparecido durante a noite, o cão teria evidentemente conservado a lembrança de um ser temível percebido, na véspera, no corredor. Um macaco, com quem deixei um carneiro de brinquedo durante um dia inteiro, nunca pôde se persuadir inteiramente de que ele era inanimado. Creio, no entanto, que essa persuasão acabaria por chegar, porque o macaco começava a arrancar-lhe os pelos e a tratá-lo com uma exagerada familiaridade. Mas a natureza raramente nos oferece a possibilidade de um contato íntimo tão longo com os objetos que nos espantam. À noite, sobretudo, tudo se transforma, tudo se anima: um simples estremecimento causado pelo vento é o suficiente para fazer tudo palpitar. É à noite que as feras vão em busca de sua presa; uma multidão de seres misteriosos e temíveis parece despertar de seu entorpecimento diurno. A imaginação mais calma cria coisas fantásticas. Uma noite, quando eu passeava à beira-mar, vi distintamente uma gigantesca besta se mover a alguma distância: era um rochedo perfeitamente imóvel em meio aos outros, mas as ondas que sucessivamente o cobriam e o descobriam parcialmente emprestavam-lhe, a meus olhos, seu movimento[3]. Quantas coisas na natureza

---

3. H. Russel, o célebre explorador dos Pireneus, observou também os efeitos fantásticos que os raios lunares produzem nas montanhas. "À medida que a luz tomava o lugar da sombra sobre a face e nos ângulos dos rochedos" – diz ele, na narrativa de uma escalada ao pico de Eristé –, "eles tinham de tal modo a aparência de estarem em movimento que por

tomam emprestadas, desse modo, do meio, do vento ou de uma luz mais ou menos incerta, a aparência de vida![4] Outras, que têm a aparência de inércia, realmente vivem: assim é a árvore, onde circula uma vida tão intensa e tão silenciosa. O animal não observa o bastante para ver as plantas crescerem, a seiva subir, mas qual não deve ter sido o espanto do homem quando ele observou que as raízes das árvores se enfiavam até nas rochas, que seus troncos rompiam qualquer entrave, que elas se elevavam de ano para ano e que seu pleno vigor co-

---

mais de uma vez eu os confundi com ursos. Assim, eu mantinha meu revólver carregado ao lado da minha mochila." O mesmo explorador observa também as transformações espantosas que sofrem os objetos da natureza na passagem do dia para a noite ou da noite para o dia. Na alvorada, ocorre uma espécie de vibração universal que parece animar tudo: "O barulho da cascata vizinha muitas vezes se modificava: na alvorada, após ter sucessivamente gemido e trovejado, ela se punha a ribombar. Porque, pela manhã, nas montanhas, os sons aumentam, eles incham, e as torrentes, sobretudo, elevam a voz como se estivessem impacientes. Com a chegada do dia, o ar torna-se mais sonoro, e se escuta de muito mais longe. Esse estranho fenômeno sempre acontece comigo, mas não compreendo a sua causa." (*Clube alpino*, ano de 1877)

4. O próprio Spencer reconhece que tudo na natureza tende a sugerir a ideia de mudanças de substância, de metamorfoses maravilhosas; os ovos, coisa inanimada, tornam-se pássaros ou insetos; a carne morta transforma-se em vermes vivos; uma efígie, sob a influência da lembrança que anima seus traços, parece respirar e reviver. Essas ideias, que suprimem qualquer diferença profunda entre o animado e o inanimado, ainda estão ancoradas nos espíritos: um homem de boa educação afirmava-me um dia, muito seriamente, que algumas fontes minerais dos Pireneus têm a propriedade de transformar em serpentes os bastões que nelas são deixados. Para aquele que imagina, desse modo, que um pedaço de madeira pode se tornar uma serpente, o que há de espantoso em pensar que o bosque vive (mesmo a madeira morta), que a fonte vive (sobretudo as fontes com propriedades tão maravilhosas) e que a montanha vive? Tudo se anima a seus olhos e se reveste de um poder mágico.

meçava com sua velhice! A vegetação da floresta é uma vida, mas tão diferente da nossa que devia, naturalmente, inspirar o espanto e o respeito em nossos ancestrais[5].

Aliás, o sentimento que leva o animal e o homem primitivo a animarem tudo aquilo que os cerca faz que eles dotem de atividade e vontade mesmo os simples instrumentos inertes que eles deveriam reconhecer como tais: o aborígine australiano adora e coroa com flores o fuzil do homem branco, suplicando-lhe para que não o mate. O leão morde a flecha que o fere, ele chega até mesmo a morder a pedra que foi atingida por uma bala disparada contra ele. O combatente enfurece-se muitas vezes não apenas contra os seus inimigos, mas contra tudo o que lhes pertence: parece que alguma coisa deles passou para aquilo que eles possuíam. O instrumento aparece sempre como uma espécie de cúmplice: não há nada mais difícil de imaginar que a indiferença da natureza.

---

5. Sabemos como Spencer explica o culto às árvores: algumas vezes é o culto às almas dos mortos que parecem, por uma ou por outra razão, ter se fixado ali; outras vezes, ele é proveniente de uma lenda mal compreendida: uma tribo saída das florestas, *vinda das árvores*, termina por acreditar que ela realmente nasceu das árvores, que ela tem árvores como ancestrais. Tudo isso nos parece um pouco artificial. Uma grande árvore é, por si mesma, venerável; não sei que espécie de "horror sagrado" está espalhado pelas grandes florestas: aliás, como observamos ainda há pouco, a noite e a obscuridade desempenham um notável papel na formação das religiões. Ora, a floresta é a noite eterna, com seus imprevistos, seus estremecimentos, o gemido do vento nos galhos, que parece uma voz, o grito das feras, que se diria saídos algumas vezes das próprias árvores. Lembremos ainda que a seiva de algumas árvores, quando escorre de um corte, tem cor de sangue, outras vezes tem a cor e quase o gosto do leite.

Acrescentemos que, quando o animal e o homem primitivo constatam uma propriedade peculiar em um certo objeto, eles têm dificuldade para estender essa propriedade a todos os objetos do mesmo gênero: um dia, quando eu fazia um gato filhote correr como um cachorrinho atrás de uma bola de madeira que atirava para ele, a bola acabou por machucá-lo. Ele gritou e eu o acalmei. Depois, quis recomeçar a brincadeira; ele correu de bom grado atrás das maiores pedras que eu atirava, mas recusou-se obstinadamente a correr novamente atrás da bola. Assim, era apenas à bola que ele havia vinculado a propriedade de machucar; ele a encarava, talvez, com maus olhos. Talvez a considerasse um ser maléfico que não se prestava à brincadeira; na incapacidade de generalizar suficientemente sua indução, ele havia criado uma espécie de fetiche que, sem dúvida, ele não adorava, mas que temia – o que já é alguma coisa[6]. Em suma, acreditamos que a nature-

---

6. O próprio Spencer admite nos selvagens uma certa inaptidão para generalizar o que parece um paradoxo e talvez seja uma importante verdade a ser notada. Se as inteligências primitivas – como observou, entre outros, Taine – estão muito prontas para apreender as semelhanças superficiais entre os objetos, isso nem sempre é um sinal de verdadeira perspicácia, porque a semelhança percebida entre duas sensações pode ser explicada menos pela generalização da inteligência que por uma espécie de generalidade das próprias sensações; se duas sensações forem análogas ou indistintas, elas se misturarão naturalmente sem que a inteligência tenha nada a ver com isso. Daí o pouco alcance de muitos exemplos tirados da linguagem. A verdadeira generalização parece consistir, sobretudo, na redução dos fatos a leis, ou seja, na abstração refletida das diferenças, na consciência do determinismo que liga as coisas e que, precisamente, escapa tão frequentemente aos selvagens e aos animais.

za, para os animais e os selvagens – assim como para as crianças muito novas –, é absolutamente o contrário de como ela aparece hoje em dia aos olhos do sábio: não é um meio frio e neutro onde só o homem tem uma finalidade e submete tudo a essa finalidade, um laboratório de física onde só existem instrumentos inertes e um único pensamento para servir-se deles. Longe disso: os povos primitivos acreditam estar em um meio vivo e movente, eles adivinham intenções em cada fenômeno; amigos ou inimigos os cercam; a luta pela vida torna-se uma batalha regulamentada, com aliados imaginários contra adversários quase sempre bastante reais. Auguste Comte via, com razão, nesse estado de espírito, "o equivalente real de uma espécie de alucinação permanente". Como as inteligências primitivas poderiam compreender a unidade da natureza, que exclui nos fenômenos qualquer individualidade, qualquer independência? Se os próprios sábios de hoje em dia ficam muito embaraçados para dizer onde o inanimado se torna animado, como os homens de antigamente poderiam ter conhecido onde o animado se tornava inanimado, onde morria a vida? E viver, para eles, era ter desejos, intenções boas ou más. Não é preciso, portanto, ter o temor, como Max Müller, de atribuir "criancices" aos povos primitivos. É preciso bem antes evitar atribuir-lhes distinções refinadas que, aliás, nada têm de absoluto e parecem estar muitas vezes em contradição com os fatos. A criança e o selvagem devem estar de acordo em projetar na natureza uma vontade análoga à que eles sentem em si mesmos. Eles devem, por assim dizer, *humanizar* a natureza.

Daí a divinizá-la, é só um passo. Uma vez admitido, com efeito, que a natureza está povoada de seres animados, que ela vive e quer, não se tardará em reconhecer em alguns grandes fenômenos a manifestação de uma vontade muito mais poderosa que a dos homens – consequentemente mais temível e mais digna de respeito. Mas vão interromper-nos aqui fazendo-nos observar, como Spencer, que os fenômenos mais importantes da natureza – entre outros, o nascer e o pôr do sol – são precisamente aqueles que devem ter impressionado menos o homem primitivo. Ele não via nada de *extraordinário* neles, visto que isso acontece todos os dias. Ele não experimentava, portanto, diante deles, nem espanto, nem admiração, nem respeito. Esse argumento, muito engenhoso, nos parece também um pouco sofístico. Se ele fosse levado às suas últimas consequências, redundaria em sustentar que não existe na natureza nada de inesperado, nada que rompa com as associações de ideias preconcebidas, nada que pareça manifestar a intervenção súbita de vontades muito poderosas. Ora, muito pelo contrário, a natureza é, com relação a nós, repleta de surpresas e de terrores. Era um belo dia; subitamente, as nuvens amontoam-se e rebenta o trovão. Sabemos do tremor que toma conta dos animais com o barulho do trovão; sobretudo nas montanhas, os ribombos que repercutem lhes causam um terror indizível.

Os rebanhos de bois ficam enlouquecidos e muitas vezes se perdem, atirando-se de cabeça nos precipícios: é com grande dificuldade que a presença e as exortações do pastor conseguem manter o rebanho calmo. Provavelmente, os animais veem nele um amigo poderoso, capaz de protegê-los contra esse ser terrível que os hindus chamavam de "o uivador". Se os animais tremem assim diante do raio, é bem inverossímil que o homem não veja nele nada além do normal e do ordinário. O mesmo acontece com o furacão, que parece uma imensa respiração, um sopro arquejante. O mesmo acontece com a tempestade. Conhece-se o provérbio basco: "Se tu queres aprender a rezar, vá para o mar". É porque todo o homem que se sente nas mãos de um inimigo muito poderoso é levado a implorar por misericórdia. Se, então, no exato momento da tempestade ou da trovoada, a calma se fizesse subitamente, se o sol reaparecesse como uma grande figura sorridente, expulsando as nuvens com suas "flechas de ouro", mostrando-se como um vitorioso, ele não se pareceria com um benfazejo auxiliar? Ele não seria acolhido com gritos de alegria e de entusiasmo? Incessantemente a natureza nos mostra, assim, mudanças imprevistas de cenário, lances teatrais que não podem nos fazer deixar de acreditar que um drama está sendo representado, no qual os astros e os elementos são os atores vivos. Os eclipses do sol e as simples fases da lua são bem adequados para espantar aqueles mesmos que Herbert Spencer e Max Müller declaram ser incapazes de espanto. Observamos que a simples visão dos astros, à noite, provoca a mais viva admiração naquele que o sono sob um abrigo não habituou a isso. Lembro-me ainda da minha surpresa de criança quando, passando pela primeira vez uma noite em claro, levantei por puro acaso os olhos para o alto e percebi o céu cintilante de estrelas: é uma das coisas que mais me impressionaram em toda a minha vida[7]. Em suma, a terra e – sobretudo – o céu reservam incessantemente para os homens impressões novas, capazes de avivar as imaginações mais pobres e de excitar todos

---

7. Lembramos, com relação a isso, que – segundo Wuttke, J. G. Müller e Schultze – o culto à lua e aos astros noturnos teria precedido o do sol, contrariamente às opiniões admitidas até aqui. As fases da lua eram muito apropriadas para impressionar os povos primitivos, e elas devem ter despertado muito cedo a sua atenção. Todavia, é preciso se resguardar, nessas questões, de generalizar muito rápido e de acreditar que a evolução do pensamento humano seguiu em toda parte o mesmo caminho. Os meios são muito diferentes para não terem, desde a origem, variado ao infinito as concepções religiosas. Na África, por exemplo, é evidente *a priori* que o sol não possui todas as características de uma divindade; ele nunca se faz desejar nem lastimar, como nos países do hemisfério norte. Ele é mais malfazejo que benfazejo; assim, os africanos adoram preferencialmente a lua e os astros noturnos, cuja luz suave ilumina sem queimar, refresca e descansa do dia. A lua será considerada por eles como um ser macho e onipotente, do qual o sol é a fêmea. É, sobretudo, quando, depois de morta em seu último quarto e desaparecida do horizonte, a lua retorna subitamente para recomeçar suas fases que ela será saudada e festejada com gritos e danças. Os negros do Congo chegarão a ver nela um símbolo da imortalidade (Girard de Rialle, *Mitologia comparada*, p. 148). Ao contrário, a América foi o centro do culto ao sol. Em geral, parece que a agricultura deve ter conduzido ao triunfo desse último culto sobre o da lua; porque o lavrador tem mais necessidade do sol que o caçador ou o guerreiro. Segundo J. G. Müller, as raças selvagens e guerreiras têm preferencialmente adorado a lua.

os sentimentos da alma humana: temor, respeito, reconhecimento. Com esses três elementos, podemos facilmente compor o sentimento religioso. Mas, objetará Max Müller, para dar um objeto ao sentimento religioso, é necessária a ideia do *sobrenatural*; mas de onde vai ser tirada essa ideia? Responderemos que, uma vez mais, a noção mais primitiva é bem antes a do sobrenatural que a do natural[8]. Um fenômeno *natural*! Eis aí uma ideia quase moderna. Isso quer dizer um fenômeno submetido a leis fixas, encerrado em um conjunto de outros fenômenos, formando com eles um todo regular. Que concepção complexa e além do alcance de uma inteligência primitiva! Aquilo que nós chamamos de milagre é uma coisa muito natural para um selvagem, ele a observa em todos os momentos. Isso não o choca, da mesma forma que um verdadeiro filósofo não fica chocado com um paradoxo. Ele não conhece suficientemente as leis da natureza – ele não sabe que elas são bastante universais – para recusar-se a admitir uma derrogação dessas leis. O milagre é simplesmente para ele o sinal de uma potência como a sua, mas agindo por caminhos desconhecidos para ele e produzindo efeitos maiores que aqueles que ele poderia produzir. Esses efeitos são *infinitamente* maiores? Isso não vem ao caso: basta que eles o ultrapassem para fazê-lo reverenciar e adorar. Se nossos ancestrais adoraram a aurora, não

---

8. Aqui, estamos novamente de acordo com Spencer, contra Max Müller.

acreditamos – como faz Max Müller – que isso seja porque, "abrindo as portas do céu", ela parecia abrir ao olhar um acesso para o infinito tornado visível. Também não admitiremos – como Spencer – que o culto aos astros se reduza a um engano de nomes, que ele seja apenas uma ramificação do culto aos ancestrais e que se tenha simplesmente envolvido, na mesma adoração, a alma de um ancestral chamado metaforicamente de sol e o astro que trazia o mesmo nome. Parece-nos que se pode muito bem reverenciar o sol e os astros por eles mesmos.

Em resumo, a concepção mais simples e a mais primitiva que o homem pode formar da natureza é ver nela não fenômenos dependentes uns dos outros, mas vontades mais ou menos independentes. O determinismo científico devia ser apenas uma concepção posterior, incapaz de surgir inicialmente no pensamento do homem. Sendo o mundo concebido, dessa forma, como um conjunto de vontades, o homem *qualificou* essas vontades de acordo com a maneira como elas se conduziam para com ele. "A lua está malvada essa noite", dizia-me uma criança, "ela não quer se mostrar." O homem primitivo também dizia que o furacão era malvado, que o trovão era malvado etc., ao passo que o sol, a lua e o fogo eram essencialmente bons e benfazejos. Agora, eis aí vontades, algumas vezes boas e outras vezes más, armadas com uma potência superior e irresistível, fáceis de irritar, aliás, e prontas para a vingança, como é o próprio homem.

Os deuses não estão aí? E do que mais se precisa? E, se nós temos os deuses, não temos a própria religião?[9]

---

9. Concordaremos de bom grado com Spencer, em que o culto aos ancestrais desempenhou seu papel na formação das crenças humanas. Os heróis foram deificados não somente depois da sua morte, mas mesmo quando ainda estavam vivos. No entanto, por que reduzir a esse único princípio alguma coisa tão complexa quanto as religiões? Por que querer encontrá-lo em tudo, mesmo onde nenhum fato positivo parece autorizar isso?

Spencer tenta provar, através de um pequeno número de exemplos, que o culto aos mortos existe nos povos mais embrutecidos, em que não se observa qualquer outra religião – de onde ele conclui que o culto aos mortos é anterior a qualquer outro culto. Mesmo que isso fosse verdadeiro, não resultaria, de forma alguma, em que todos os outros cultos são provenientes dele. A religião dos deuses e a dos mortos puderam se desenvolver muito bem isoladas uma da outra, a primeira mais rápido e a segunda mais lentamente. A morte é um fato de tal modo frequente e brutal que se impõe muito cedo à atenção dos povos primitivos. A ideia da sepultura encontra-se em forma embrionária até nos animais: não se têm visto, muitas vezes, depois das suas batalhas, as formigas carregarem os cadáveres de seus soldados? Mas, do fato de que a inteligência dos homens tenha sido necessariamente levada para esse lado, é necessário concluir que essa é a única direção que ela poderia ter seguido? Como regra geral, para fazer um deus seria necessário, segundo Spencer: 1º) um morto; 2º) a concepção do "duplo de um morto", ou seja, de um espírito; 3º) a crença de que esse espírito possa adotar como residência não somente o corpo que ele precedentemente ocupava, mas um outro corpo, uma efígie inanimada, e mais ainda uma árvore, uma pedra etc. Imaginar um deus não é uma coisa tão complicada. Não há mesmo, para isso, necessidade de se haver aprendido a distinguir os espíritos dos corpos e de fazer metafísica sem saber. Se o raio cair três vezes seguidas, no intervalo de um mês, sobre a cabana de um desses indígenas embrutecidos, de que fala Spencer, ele reconhecerá facilmente que o trovão lhe *quer* mal, e não terá nenhuma necessidade de colocar nele algum espírito escapulido de um corpo para se pôr a venerá-lo e a conjurá-lo. Um outro exemplo: digamos que um leão, ou qualquer outro animal feroz, venha se estabelecer no território de nossos selvagens e promova grandes estragos em seus rebanhos; ele é perseguido, mas, por uma ou por outra razão, nenhum tiro o atinge. É, sem dúvida, porque ele é invulnerável; ele torna-se cada vez mais audacioso e terrível. Ele desaparece durante várias semanas: não se

Segundo Max Müller, é preciso ainda um outro elemento para constituir a religião: é preciso o sentimento do infinito, sentimento que nos é fornecido diretamente pelos sentidos. Para falar a verdade, a teoria de Max Müller parece-

---

sabe para onde ele foi. Subitamente, ele reaparece: não se sabe de onde ele veio; ele sempre zomba dos caçadores, mostrando essa majestade que as feras assumem, em alguns momentos, na plena consciência de sua força. Eis aí um verdadeiro deus: qual seria, portanto, a necessidade de ir buscar a religião dos ancestrais para explicar a zoolatria? Conhecemos o culto de que os cavalos, importados para a América pelos espanhóis, foram objeto por parte dos indígenas: segundo Prescott, esses últimos preferiam atribuir mais aos cavalos que aos próprios espanhóis a invenção das armas de fogo. É que, como os espanhóis eram homens como eles, se podia ver melhor a sua medida. Ao contrário, um animal desconhecido parecia armado com um poder indefinido. Os homens só adoram aquilo que eles não conhecem o bastante. É por isso que – diga Spencer o que quiser – a natureza, por tanto tempo mal conhecida, nos parece ter oferecido à religião um alimento muito mais amplo e inesgotável que a humanidade.

No fundo, a verdadeira confirmação que Spencer acredita encontrar para a sua doutrina é a própria maneira como ele a sistematiza; ela é, para ele, um exemplo a mais da lei universal da evolução. Nessa doutrina, tudo se reduz à unidade, tudo se deixa absorver em uma mesma crença "homogênea", a de um poder mais ou menos vago exercido pelos espíritos dos mortos; essa crença, uma vez dada, passa por toda uma série de integrações e de diferenciações, e torna-se finalmente a crença na ação regular de uma potência desconhecida universal (p. 579). Spencer nos parece ter razão em buscar a crença una, "homogênea", de onde proviriam todas as outras pela via da evolução; uma tal investigação é digna de um tão grande espírito. Mas a fórmula que ele apresenta para essa crença nos parece totalmente estreita e insuficiente: se quisermos descobrir uma ideia que domine ao mesmo tempo o culto aos mortos e o culto aos deuses, nós a encontraremos nessa persuasão, natural no homem, de que nada é absolutamente nem definitivamente inanimado, de que tudo vive ou revive e que, consequentemente, tem intenções e vontades. Uma vez mais, o homem deificou a natureza, assim como imortalizou seus ancestrais, por esta única razão: é que, para um ser vivo e desejante, aquilo que existe de mais difícil para compreender é o determinismo e a morte.

-nos assentar-se em uma verdadeira confusão. Uma coisa é o sentimento do *relativo*, outra coisa é o sentimento do *infinito*. O que nos dizem os sentidos é que existem objetos muito grandes e objetos muito pequenos, e que cada um deles é mesmo grande ou pequeno de acordo com um termo de comparação. Mas, se a razão sutil de um sábio moderno não lhes sugerir nada, eles não dirão certamente mais do que isso. Max Müller parece acreditar que a percepção do espaço nos fornece diretamente a percepção do infinito. Mas isso é contrário a todos os dados históricos. A infinitude do espaço é uma ideia à qual só se chegou bastante tarde e, mesmo assim, somente entre os metafísicos. O horizonte parece esférico e limitado; a criança sempre imagina que chegará ao fim do horizonte, que tocará com os dedos o ponto onde desce o domo celeste. Os antigos representavam o céu como uma abóbada de cristal semeada de pontos luminosos. Para nós, a quem é dito desde a infância que os astros são mundos maiores que a nossa terra, separados de nós por uma distância acima da imaginação, a visão do céu desperta, por uma associação necessária, a ideia do incomensurável e do infinito. Não é possível julgar, por analogia, aquilo que se passa no espírito do homem primitivo quando ele levanta os olhos para o alto. Esse último não tem de modo algum a ideia de que o seu olhar possa enfraquecer, apagar-se por impotência em um determinado ponto do céu, em uma abóbada sempre igual e que, no entanto, exista ainda alguma coisa além. Por hábito, localizamos sempre o fim do mundo nas extremidades de nossos campos visuais, que formam uma esfera aparente e imóvel. Temos dificuldade para compreender que o espaço celeste seja infinitamente maior que o mundo visível. Não pensaremos também que os objetos possam nos ultrapassar de alguma forma pela sua pequenez. A divisibilidade ao infinito, na qual Max Müller vê uma evidência para os sentidos, é o resultado do raciocínio mais abstrato. Naturalmente, somos levados a crer que a natureza se detém onde nós nos detemos, ou seja, no átomo visual, no *mínimo visível*. Em geral, o homem primitivo inquieta-se muito pouco com a infinitude da natureza. Ele tratou logo de fabricar um mundo à sua medida e de se trancar nele. Esse "sofrimento do invisível", de que fala Max Müller, é um mal totalmente moderno que, em vez de provocar a ideia de infinito, é, ao contrário, o produto tardio dessa ideia adquirida à custa de raciocínio e de ciência. Longe de assinalar a origem das religiões, o "sofrimento do desconhecido" talvez assinale a insuficiência delas, ele anuncia o seu fim. O homem primitivo praticamente só sofre com o mundo visível. É lá que ele encontra, para as suas atividades física e intelectual, um objeto mais do que suficiente. Quanto a seus deuses, ele não vai procurá-los muito longe; ele os encontra, por assim dizer, ao alcance das suas mãos, ele acredita poder tocá-los com os dedos, ele vive em sociedade com eles. E eles são, para ele, tanto mais temíveis quanto mais próximos estão dele. Para essas inteligências ainda grosseiras, a grandeza dos deuses não é medida por sua infinitude intrínseca, mas pelo poder de sua ação sobre nós. Se o céu, com seus sóis, não nos iluminasse nem nos aquecesse, ele não seria o Pai universal, o *Dyaush-pitâ*, o Ζευς*, o *Júpiter*. Não estamos querendo dizer, como Feuerbach, que a religião tenha simplesmente sua raiz no interesse grosseiro, no egoísmo brutal. Em suas relações com os deuses, assim como com seus semelhantes, o homem é metade egoísta, metade altruísta: o que nós sustentamos é que o homem não é racionalista à maneira de Max Müller, que a noção do infinito se desenvolve independentemente da fé religiosa e, mais ainda, que ela não tarda a entrar em luta com essa última e a dissolvê-la. Quando, pelo progresso do pensamento humano, o mundo passa a ser concebido como infinito, ele vai além dos deuses, ele os ultrapassa. Foi o que se produziu na Grécia, nos tempos de Demócrito e de Epicuro. A religião propriamente dita quer um mundo limitado: não erigimos templos ao infinito para neles alojá--lo. Max Müller louva os hindus por terem se mantido no *adevismo* e será à ideia do infinito que eles devem essa sabedoria (se é que se trata de uma sabedoria). E essa ideia, se ela tivesse sido a única a estar presente no seu pensamento, não os teria conduzido facilmente para o *ateísmo*? Quando aprendemos a ver se desenrolar infinitamente e sem um tempo

---

* Zeus. (N. T.)

de parada a cadeia eterna dos fenômenos, não esperamos mais modificar com uma prece esse determinismo inflexível. Devemos nos contentar em contemplá-lo através do pensamento ou em entrar nele por nós mesmos, através da ação. A religião fundamenta-se na ciência ou na moral. Resta, é verdade, uma hipótese suprema à qual podemos nos vincular: podemos tentar divinizar o infinito, atribuir-lhe – à maneira dos brâmanes, dos budistas antigos ou modernos, dos Schopenhauer e dos Hartmann – uma misteriosa unidade de essência. A prece, então, termina em meditação, em êxtase, com o pensamento sendo monotonamente embalado pelo movimento do mundo fenomênico: é a religião do *monismo*. Mas essa última religião não provém da ideia de infinito, mas simplesmente se junta a ela: cede-se ainda a uma necessidade de personificar, de individualizar o infinito, de tal modo o homem quer a qualquer custo projetar sua própria pessoa no mundo! Dá-se uma alma a esse grande corpo que se chama de natureza, faz-se dele alguma coisa de semelhante ao nosso organismo. Não estará aí um último antropomorfismo?

III

O que parece sobressair dessas considerações sobre a origem das religiões é que, contrariamente ao pensamento de Max Müller, elas não têm fundamento objetivo: não é possível encontrar na natureza exterior alguma razão que as justifique. E, por outro lado, elas também não são o produto de alguma *faculdade* ou *virtualidade* interior do *infinito*: porque, em nenhuma parte, na formação das religiões, pudemos constatar a ação de uma tal faculdade e, se ela existisse, agiria antes como um dissolvente. A explicação das religiões aparece, assim, como totalmente contrária à sua justificação: fazer sua história é fazer a sua crítica. Quando queremos nos aproximar do ponto de apoio que elas parecem ter na realidade, vemos esse ponto recuar pouco a pouco e depois desaparecer, como quando nos aproximamos do lugar onde parecia estar o arco-íris. Acreditávamos encontrar na religião um poderoso laço capaz de unir o céu à terra, um penhor de aliança e de esperança: mas isso não passa de um fugidio jogo de luzes, uma ilusão de óptica que a ciência corrige ao explicá-la. As religiões estão de fora e à parte da razão. A superstição, no sentido estrito da palavra, é a sua verdadeira origem, e não é sem razão que Lucrécio identificava essas duas coisas: *relligio* e *superstitio*. Assistir ao nascimento de uma religião é simplesmente ver como um erro pode entrar no espírito humano, soldar-se a outros erros ou a verdades incompletas, formar um corpo com eles e, depois, subordinar pouco a pouco todas as outras verdades contidas na alma humana até que, finalmente, venhamos a buscar sua origem e encontremos simplesmente uma indução demasiado rápida ou incompleta, uma ilusão dos sentidos, um engano da natureza, uma miragem, um nada.

Se isso se dá desse modo, em que se converte esse profundo respeito pelas religiões, professado pelos Max Müller, os Matthew Arnold, os Renan e os próprios Spencer? A fé, dizia profundamente Heráclito, é uma "doença sagrada", ιερα νοσος; para nós, modernos, não existe mais doença sagrada, não existem mais doenças das quais não desejemos nos livrar e nos curar. Curar da religião ou, pelo menos, das religiões! O quanto estamos longe, aqui, das conclusões de Max Müller, que veria quase um exemplo a ser seguido nas castas estabelecidas pelos hindus – tanto entre as inteligências quanto entre as classes – nos períodos regulares ou *açramas*, pelos quais eles obrigavam o espírito a passar, e na profusão de religiões com que sobrecarregavam o espírito dos povos! Para eles, o erro tradicional tornava-se sagrado e venerável; ele era digno de sobrepujar a verdade, pelo menos entre as inteligências não privilegiadas. Seria preciso primeiramente enganar, a fim de mais tarde iniciar; seria preciso pôr uma venda sobre os olhos a fim de poder fazê-la cair. O espírito moderno tem tendências bem contrárias. Ele prefere tirar proveito, para as gerações que vêm, de todas as verdades adquiridas pelas gerações que se vão, sem falso respeito nem consideração pelos erros que foram suprimidos. Para ele, não basta que a luz entre por alguma fresta secreta; ele abre portas e janelas para espalhá-la mais amplamente. Não vejo, confesso, em que o absurdo de uns pode ser útil à retidão de espírito dos outros. Por que seria necessário começar por pensar em falso para conseguir pensar com justeza e fazer o espírito partir do ponto mais baixo para fazê-lo chegar ao mais alto? Se os contos de fadas são bons para as crianças, pelo menos se deve tomar cuidado para que elas não os levem demasiado a sério. Não levemos também muito a sério as religiões envelhecidas, não as encaremos com demasiada complacência e ternura. Se elas ainda podem ser, para nós, um objeto de admiração – quando as recolocamos, através do pensamento, no meio em que elas nasceram –, não pode acontecer da mesma forma quando elas procuram se perpetuar no meio moderno, que não é mais feito para elas. Respeitáveis no distanciamento das eras onde viveram, elas se parecem com esses globos perdidos no céu e que outrora foram astros. Agora extintos, eles podem às vezes esconder dos nossos olhos o verdadeiro sol: saibamos olhar para mais longe do que eles.

Nós dissemos que as religiões tinham como origem a superstição, que elas eram superstições sistematizadas e organizadas. Acrescentaremos que, para nós, a superstição consiste em uma indução científica mal conduzida, em um esforço infrutífero da razão. Não gostaríamos de que isso fosse entendido como uma simples fantasia da imaginação, fazendo que se pudesse acreditar que, para nós, as religiões têm o seu princípio em uma espécie de "jogo de azar" do espírito. Quantas vezes se tem atribuído, assim, o nascimento das religiões a uma pretensa necessidade do maravilhoso e do extraordinário, que se apodera tanto dos povos jovens quanto das crianças! Eis aí uma explicação bem artificial de uma tendência mais natural e mais profunda. Para dizer a verdade, aquilo que os povos primitivos procuravam, imaginando as diversas religiões, era pura e simplesmente uma explicação, e a explicação menos espantosa, a mais conforme com a sua inteligência ainda grosseira, a mais racional *para eles*. Era infinitamente menos maravilhoso para um antigo supor que o trovão fosse lançado pela mão de Rudra* ou de Júpiter do que acreditar que ele era produzido por uma certa força chamada eletricidade. O mito era uma explicação muito mais satisfatória; era aquilo que se podia achar de mais plausível, dado o meio intelectual de então. Se, portanto, a ciência consiste em ligar as coisas entre si, é possível dizer que Júpiter ou Jeová foram ensaios de concepções científicas. É agora que eles não mais o são, porque foram descobertas forças naturais e regulares que tornam sua ação inútil. Quando uma tarefa se realiza sozinha, devemos despedir o empregado que estava encarregado de fazê-la. Mas é preciso evitar dizer que ele antes não servia para nada, que ele estava ali por capricho ou por favor. Se nossos deuses parecem, agora, apenas deuses honorários, outrora isso era totalmente diferente. Mais uma vez, reiteramos que as religiões não são obra de um capricho. Elas correspondem a

---

* Deus da morte e da fecundidade no vedismo (forma primitiva do bramanismo). (N. T.)

essa tendência invencível que leva o homem – e, por vezes, até mesmo o próprio animal – a dar-se conta de tudo aquilo que ele vê, a traduzir o mundo para si mesmo. A religião é a ciência nascente.

Essa ciência infantil começou por resolver os problemas puramente físicos: o próprio problema da vida e da morte só lhe apareceu primeiramente em sua forma física, e ela o resolveu – como mostra Spencer – por intermédio das induções tiradas do sono, da letargia e do sonho. É somente mais tarde que o pensamento humano – levado para uma viagem sem fim para uma dessas migrações que lançavam para longe os povos primitivos, após haver atravessado todo o espaço visível e transposto seu próprio horizonte intelectual – chegou diante desse oceano do infinito, que ele não podia sondar nem mesmo com o olhar. O infinito foi para ele uma descoberta, como era o mar para os povos que vinham das planícies ou das montanhas. Do mesmo modo que, para o olho que começa a ver, os diversos planos do espaço são indistintos e igualmente aproximados (é o toque que, pouco a pouco, faz recuar o espaço e nos dá a ideia de distância; assim, com nossas mãos, abrimos, por assim dizer, o horizonte diante de nós), para a inteligência que ainda não foi exercitada, tudo parece finito, limitado. É apenas avançando que ela vê crescer o seu domínio; é o pensamento em marcha que abre diante de si mesmo a grande perspectiva do infinito. No fundo, essa ideia do infinito é extraída menos das coisas que do próprio sentimento de nossa atividade pessoal, da crença no "impulso sempre possível de nosso pensamento". Agir, eis aquilo que, como se diz[10], é verdadeiramente infinito, ou que pelo menos parece sê-lo. Nesse sentido, é bem possível dizer que existe, em qualquer ação, em qualquer pensamento humano, um vago pressentimento do infinito, porque existe a consciência de uma atividade que não se esgota nesse ato nem nesse pensamento. Sentir-se viver é, portanto, de algum modo sentir-se infinito: ilusão ou realidade, essa ideia se mistura a todos os nossos pensamentos. Nós a encontramos em todo o tipo de ciência; mas ela não produz a ciência, ela nasce dela. Do mesmo modo, ela não produz a religião (ciência das primeiras eras); ela origina-se dela. A ideia do infinito se parece, em muitos aspectos, com a ignorância socrática, ignorância refinada, que esconde o mais alto desenvolvimento da inteligência. O caráter anticientífico das religiões atuais provém precisamente do fato de que elas não têm bastante sentimento da ignorância humana, bastante abertura para o infinito. Se, pouco a pouco, a física religiosa tornou-se uma metafísica, se os deuses recuaram de fenômeno em fenômeno até uma esfera suprasensível e se o céu separou-se da terra, as religiões, entretanto, sempre evitaram abrir, em todos os sentidos, ao pensamento do homem uma perspectiva infini-

---

10. Alfred Fouillée, *A liberdade e o determinismo*, 2ª parte.

ta: elas sempre detiveram seus olhares diante de um ser mais ou menos determinado, um criador, uma unidade onde o espírito pudesse fixar-se, repousar, descansar do infinito. Sua metafísica, assim como sua física, permaneceu mais ou menos antropomórfica, mais ou menos fundamentada no milagre – ou seja, naquilo que limita e suspende a inteligência. E como o objeto da maior parte das religiões não é nada menos que o infinito, da mesma forma a própria fé religiosa consiste essencialmente na necessidade de deter os voos do espírito e de impor-lhe um limite eterno na negação da infinitude do pensamento humano. Atingidas por uma paralisação em seu desenvolvimento, as religiões ligaram-se para sempre às primeiras fórmulas que elas haviam encontrado, fazendo delas um objeto de veneração. A religião, que era na origem apenas uma tentação científica, terminou, assim, por tornar-se a própria inimiga da ciência.

Hoje, é necessário que ela seja absorvida e se perca na própria ciência ou na hipótese verdadeiramente científica. Quero dizer, com isso, que aquela que se apresenta apenas como uma hipótese, declara-se por si mesma provisória, mede sua utilidade pela extensão que apresenta e só aspira a desaparecer para dar lugar a uma hipótese mais ampla. Mais vale a ciência ou a busca do que a adoração imóvel. A única coisa que é eterna nas religiões é a tendência que as produziu, o desejo de explicar, de raciocinar, de ligar tudo, em nós e ao nosso redor. É a atividade infatigável do espírito, que não pode se deter diante do fato bruto, que se projeta em todas as coisas, primeiramente perturbada e incoerente – como era outrora – e depois clara, coordenada e harmoniosa – como a ciência de hoje. A única coisa que é respeitável nas religiões é, portanto, precisamente o embrião desse espírito de investigação que tende, hoje em dia, a demoli-las.

Apêndice 4

As hipóteses sobre a imortalidade na filosofia da evolução*

A ideia desencorajadora, por excelência, na teoria da evolução que está hoje em voga é a da dissolução, que parece de início estar inexoravelmente ligada a ela. De Heráclito até Spencer, os filósofos jamais separaram essas duas ideias. Qualquer evolução não deve culminar, por um ritmo necessário, na dissolução final e na morte? A experiência que nós temos dos indivíduos e dos mundos parece, com efeito, responder até hoje com uma afirmativa. Nós só conhecemos mundos que naufragaram ou que naufragarão. Quando o cadáver de um marinheiro é jogado ao mar, os companheiros que o amaram anotam o ponto exato de latitude e de longitude em que seu corpo desapareceu no oceano: dois números em uma folha de papel são, então, os únicos vestígios que subsistem de uma

---

* "Les hypothèses sur l'immortalité dans la philosophie de l'évolution", artigo publicado originalmente na *Revue des deux mondes* (3ª período, volume 77, setembro/outubro de 1886, p. 176-200). (N. T.)

vida humana. Podemos acreditar que uma sorte análoga está reservada para o globo terrestre e para toda a humanidade: eles devem um dia soçobrar no espaço e dissolver-se sob as ondas movediças do éter. Nesse momento, se, de algum astro vizinho e amigo, estiverem nos observando, se assinalará o ponto do abismo celeste onde nosso globo desapareceu e se anotará a abertura de ângulo que formavam, para os olhos estranhos, os raios partidos de nossa terra, e essa medida do ângulo de dois raios extintos será o único vestígio deixado por todos os esforços humanos no mundo do pensamento. A teoria da evolução parece culminar na dissolução dos indivíduos, ainda mais seguramente do que na dos mundos e das espécies vivas. A forma individual não parece ter mais fixidez do que a forma específica. "O último inimigo que será vencido é a morte." Talvez também a morte seja o último segredo que será penetrado pelo pensamento humano. A filosofia, assim como a religião, é, na sua maior parte, uma "meditação sobre a morte". Quando Platão chegava diante do problema do destino, ele não temia se lançar por inteiro nas hipóteses filosóficas e mesmo nos mitos poéticos. Gostaríamos de examinar quais são, hoje em dia, as suposições ou, se preferirem, os devaneios que ainda são possíveis sobre o destino futuro, inspirando-se na filosofia dominante em nossa época: a da evolução. Na concepção atual da natureza, Platão ainda encontraria algum refúgio para essas "belas esperanças" com que é preciso, diz ele, "encantar a si mesmo"? Na Alemanha e, sobretudo, na Inglaterra, gostam de procurar aquilo que pode subsistir das crenças religiosas nas hipóteses científicas e filosóficas, mesmo que sob a forma mais problemática e mais incerta[1]. Gostaríamos de fazer aqui, a propósito da imortalidade, um trabalho análogo, tão conjectural quanto pode ser qualquer perspectiva sobre o mistério dos destinos. Haveria necessidade de dizer que não pretendemos de forma alguma "demonstrar" a existência nem mesmo a probabilidade *científica* de uma vida superior? Nosso objetivo é mais modesto: já é muita coisa fazer ver que a impossibilidade de uma tal vida não foi provada e que, diante da ciência moderna, a imortalidade permanece sempre um problema – e se esse problema não recebeu uma solução positiva, ele não recebeu igualmente (como às vezes se pretende) uma solução negativa. Ao mesmo tempo, buscaremos quais hipóteses ousadas seria necessário apresentar hoje em dia para traduzir e transpor para uma linguagem filosófica os símbolos sagrados das religiões sobre o "destino das almas".

I

Comecemos por aquilo que está mais próximo da experiência positiva e procuremos, nesse domínio, em que a doutrina

---

1. Ver os trabalhos de Lotze, de Fiske (*The destiny of man* [O destino do homem]), de Tait e Balfour Stewart (*O mundo invisível*), de Shadworth Hodgson (*Philosophy of reflection* [Filosofia da reflexão]) etc.

evolucionista permite ao sentimento religioso esperar a imortalidade. Existem, por assim dizer, na esfera da consciência, círculos concêntricos que vão se aproximando cada vez mais do centro insondável: a pessoa. Passemos em revista essas diversas manifestações da personalidade, para ver se elas nos oferecerão alguma coisa de imperecível.

A esfera do eu, de alguma maneira a mais exterior e a mais observável, são nossas *obras* e nossas *ações*. Quando tratamos apenas de obras inteiramente materiais – como uma casa que foi construída, um quadro que foi pintado ou uma estátua que foi esculpida –, podemos achar que há muita distância e uma separação muito grande entre o realizador e a obra. "Ser imortal em suas obras" se parece bastante, então, com uma espécie de ilusão de óptica. Mas, quando estamos tratando de obras intelectuais – e, sobretudo, morais –, já existe uma aproximação entre o efeito e a causa de onde ele se originou. Compreendemos, então, aquilo que pode conter de verdadeiro nessa doutrina de alta impessoalidade e de completo desprendimento segundo a qual se *vive* onde se *age*. Existe aqui mais do que uma obra material, há uma ação de ordem intelectual e moral. O homem de bem é precisamente aquele que quer antes de tudo viver e reviver nas suas boas ações; o pensador, nos pensamentos que ele legou ao patrimônio humano e que continuam seus. Essa doutrina se encontra no fundo de quase todas as grandes religiões, e é ela que melhor pode subsistir mesmo na concepção puramente científica da evolução universal. Segundo os budistas modernos da Índia, nossas ações são "a alma de nossa vida"; é essa alma que resta depois da existência de um dia. A transmigração das almas não é senão a transformação constante do bem no melhor e do mal em um mal mais hediondo: a imortalidade de nossa alma é a imortalidade de nossa própria ação, movendo-se para sempre no mundo e movendo-o, por sua vez, de acordo com as suas próprias forças ou, o que vem a dar no mesmo, de acordo com o seu próprio valor.

Sigamos a ação em seus efeitos, nos movimentos em que ela se prolonga, nos traços que são como que os resíduos desses movimentos. Nossa ação vai mais longe que o nosso saber e estende ao infinito suas consequências. Mesmo do ponto de vista da evolução puramente física e fisiológica, o bem pensado não está perdido, o bem tentado não está perdido, visto que o pensamento e o próprio desejo configuram os órgãos. A própria ideia daquilo que é hoje uma quimera implica um movimento real do nosso cérebro. Ela é ainda uma "ideia-força"*, que contém seu elemento de verdade e de influência. Herdamos de nossos pais não somente aquilo que eles fizeram, mas aquilo que eles poderiam ter feito, suas obras inacabadas, seu esforço aparente-

---

* Termo cunhado por Alfred Fouillée, a fim de caracterizar os fenômenos psíquicos que apresentam, de modo inseparável, um caráter ativo e um caráter intelectual. (N. T.)

mente inútil. Ainda nos comovemos com os devotamentos e os sacrifícios de nossos ancestrais, pela coragem despendida em vão, tal como sentimos, na primavera, passar em nossos corações o sopro das primaveras antediluvianas e os amores da idade terciária. Já que o progresso das gerações presentes se tornou possível por uma série de quedas e de malogros passados, esse mesmo passado, esse passado esboçado e embrionário, torna-se a garantia de nosso futuro. Existem, tanto no domínio moral quanto no domínio fisiológico, fecundações ainda mal explicadas. Às vezes, muito tempo depois da morte daquele que a amou pela primeira vez, uma mulher põe no mundo uma criança que se parece com ele: é assim que a humanidade poderá parir o futuro com base em um tipo entrevisto e querido no passado (mesmo quando o passado parecia estar enterrado para sempre), se nesse tipo havia algum obscuro elemento de verdade e, por conseguinte, de força imperecível. Aquilo que verdadeiramente viveu uma vez reviverá, portanto, e o que parece morrer nada mais faz do que preparar-se para renascer. A lei científica do atavismo torna-se, assim, uma garantia de "ressurreição". Conceber e querer o melhor, tentar a bela empreitada do ideal, é convidar para isso, é arrastar para isso todas as gerações que vierem depois de nós. Nossas mais altas aspirações, e que parecem precisamente as mais vás, são como ondas que, tendo podido chegar até nós, irão mais longe que nós e, talvez, reunindo-se, amplificando-se, abalarão o mundo. Estou bem seguro de que aquilo que existe de melhor em mim sobreviverá a mim. Não! Nenhum de meus sonhos, talvez, se perderá: outros os retomarão, os sonharão depois de mim, até que eles um dia se acabem. É com a força das vagas moribundas que o mar consegue configurar suas praias e desenhar o leito imenso onde ele se move.

Definitivamente, vida e morte são, para a filosofia da evolução, ideias relativas e correlativas. A vida, em um certo sentido, é uma morte, e a morte é o triunfo da própria vida sobre uma de suas formas particulares. Só se podia ver e tocar o Proteu* da fábula sob uma forma fixa durante o sono, imagem da morte: assim acontece com a natureza; toda a forma é para ela apenas um sonho, uma morte passageira, uma parada no escoamento eterno e na inapreensível fluidez da vida. O devir é essencialmente informe, a *vida* é informe. Qualquer forma, qualquer indivíduo e qualquer espécie não assinalam, portanto, senão um entorpecimento transitório da vida: nós só compreendemos e só apreendemos a natureza sob a imagem da morte. E aquilo que chamamos de morte – a minha ou a sua – é ainda um movimento latente da vida universal, semelhante a essas vibrações que agitam o embrião durante os meses de aparente inércia que preparam a sua evolução. A natureza não conhece outra lei

---

* Na mitologia grega, deus do mar, filho de Oceano e Tétis. Tinha a capacidade de predizer o futuro. (N. T.)

além de uma eterna germinação. Depois de tudo, que outra coisa é a morte, no conjunto do universo, além de um grau menor da temperatura vital, um resfriamento mais ou menos passageiro? Ela não pode ser bastante poderosa para embotar para sempre o perpétuo rejuvenescimento da vida, para impedir a propagação e o florescimento, ao infinito, do pensamento e do desejo.

II

– Sim! Eu sobreviverei no todo e sobreviverei em minhas obras. Mas essa imortalidade científica da ação e da vida será suficiente para o sentimento religioso? Como indivíduo, o que a ciência e o que a filosofia da evolução podem me prometer ou, pelo menos, deixar-me esperar? Da imortalidade de alguma maneira exterior e impessoal, podemos passar à imortalidade interior e individual?

Seguramente, não é da *ciência* propriamente dita que a individualidade pode exigir provas de sua duração. A geração, aos olhos do sábio, é como uma primeira negação da imortalidade individual. O instinto social, que abre nosso coração a milhares de outros seres e o reparte ao infinito, é como uma segunda negação disso. O próprio instinto científico e o instinto metafísico, que fazem que nós nos interessemos pelo mundo inteiro, em suas leis e em seus destinos, diminuem ainda mais – por assim dizer – nossa razão de ser como indivíduos limitados. Nosso pensamento rompe o eu em que está enclausurado, nosso peito é muito estreito para o nosso coração. Ó, como se aprende rápido, no trabalho do pensamento ou da arte, a contar pouco consigo mesmo! Essa desconfiança de si não diminui em nada o entusiasmo nem o ardor. Ela apenas mistura a eles uma espécie de tristeza viril, algo parecido com aquilo que sente o soldado que diz a si mesmo: "Eu sou uma simples unidade na batalha, e menos que isso: um cem mil avos; se eu desaparecesse, o resultado da luta não seria, sem dúvida, alterado. No entanto, eu ficarei e lutarei".

Toda a individualidade é, do ponto de vista científico, uma espécie de pátria provisória para nós. Toda a pátria, por outro lado, é uma espécie de grande indivíduo tendo sua consciência própria, feita de ideias e de sentimentos que não se encontram em toda parte. Assim, é possível amar sua pátria com um amor maior e mais poderoso do que aquele que se tem por um determinado indivíduo. Esse amor não nos impede de compreender que nossa pátria não será imortal como nação, que ela terá seu período de crescimento e de dissolução, que os obstáculos que separam os povos foram feitos para caírem aqui e para erguerem-se acolá, e que as nações incessantemente se desfazem, se refazem e se misturam. Porque, quando amamos nosso ser individual, não consentimos em fazer o mesmo raciocínio e gostaríamos de murá-lo para sempre em sua individualidade? Se uma pátria morre, porque um homem não poderia morrer? Se é, por vezes, adivinhar o futuro exclamar, tombando na batalha, "*Finis patriae!*", não será adivinhá-lo também exclamar seguramente, em face da sua própria dissolução, "*Finis individui!*"? Não teria Kosciuszko* reconhecido o seu próprio direito de viver quando ele sentia dispersarem-se todas essas ideias e essas crenças comuns que haviam constituído a Polônia na história, vendo se dilacerar essa pátria cuja ideia o havia sustentado durante toda a sua existência e que constituía o que havia de mais profundo em sua própria vida?

Uma jovem da minha família, sentindo-se morrer e já deixada muda pela morte, pediu – através de gestos – um pedaço de papel no qual começou a escrever, com sua mão gélida: "Eu não quero...". Bruscamente, a morte sobreveio, quebrando essa vontade que buscava se afirmar contra ela, antes mesmo que ela tivesse podido encontrar uma fórmula: o ser pensante e a própria expressão de seu pensamento pareciam ter sido aniquilados pelo mesmo golpe. O protesto da criança, inacabado como a sua própria vida, perdeu-se como ela. É que não se pode querer ir contra a morte, é que é inútil resistir na grande queda final. A única

---

* Tadeusz Kosciuszko, general e herói nacional polonês (1746-1817). Tomou parte em diversas insurreições contra o domínio russo, chegando a ser nomeado ditador de seu país (em 1794). Preso, foi libertado pelo tsar Paulo I, indo morar em Paris. (N. T.)

superioridade do homem na morte consiste, ao contrário, em compreendê-la e em poder, até mesmo, aceitá-la naquilo que ela tem de racional: o caniço pensante de Pascal* não somente pode, como qualquer caniço, ser forçado a vergar-se, mas ele pode espontaneamente inclinar-se por si mesmo, respeitar a lei que o mata. Depois da consciência do seu poder, um dos mais altos privilégios do homem é tomar consciência da sua impotência, ao menos como indivíduo. Da própria desproporção entre o infinito que nos mata e esse nada que somos, nasce em nós o sentimento de uma certa grandeza: preferimos muito mais ser despedaçados por uma montanha do que por um seixo. Na guerra, preferimos sucumbir em uma luta contra mil do que contra um; a inteligência, mostrando-nos, por assim dizer, a imensidão de nossa impotência, tira-nos o pesar pela nossa derrota.

Querer eternizar o indivíduo – mais ou menos físico até em sua moral – é, aos olhos do sábio, um último resto de egoísmo. O sábio aceita a própria perspectiva da morte individual como uma espécie de devotamento intelectual análogo ao que nos faz aceitar a morte em nome da pátria. *Individualmente* somos muito pouco, segundo a ciência, para vivermos para sempre como indivíduos.

---

* "O homem é apenas um caniço, e o mais fraco da natureza; mas é um caniço pensante" (Pascal, *Pensamentos*). (N. T.)

Devemos, portanto, consentir sem escrúpulos no sacrifício definitivo do eu e morrer sem revolta em nome da vida universal? Enquanto se trata de nós mesmos, podemos ainda caminhar com passos leves para o sacrifício. Mas a morte para os outros, o aniquilamento para aqueles a quem se ama, eis aquilo que é inaceitável aos olhos do homem, ser pensante e amante por essência. O estoicismo científico ou filosófico responderá em vão, como Epicteto, que é "natural" que um vaso, sendo frágil, se quebre, e que um homem, sendo mortal, morra. – Sim! Mas resta saber se aquilo que é *natural* e *científico* deve bastar, como pretendiam os estoicos, para contentar a minha razão e o meu amor. De fato, amando verdadeiramente uma outra pessoa, não é a coisa frágil que procuro amar, não é somente o "vaso de argila", mas destacando a inteligência e o coração dessa argila (da qual Epicteto não quer de modo algum separá-los) apego-me a eles como se fossem imperecíveis: eu corrijo, eu transfiguro a própria natureza; eu ultrapasso, através do meu pensamento, a brutalidade de suas leis, e talvez esteja aí a própria essência do amor pelos outros. E se, em seguida, as leis da natureza, após terem parecido, por um momento, suspensas e vencidas pela força do meu amor desinteressado, despedaçam-no violentamente, o que há de espantoso no fato de que ele ainda se afirme contra elas e em que eu fique "perturbado"? Não é somente dor que sinto então, é indignação, é o sentimento de uma espécie de injustiça da natureza. A serenidade dos estoicos não via, em qualquer dor, senão uma afecção passiva da sensibilidade, mas a dor moral é também a vontade lutando contra a natureza e, como eles próprios diziam, trabalhando, "penando" para endireitá-la. É mesmo por isso que a dor é boa; seu papel, nesse mundo, é o de opor incessantemente nosso ideal moral e social à nossa natureza física, e de forçar, por esse contraste, nossa própria natureza a se aperfeiçoar. A dor é o princípio de toda a evolução da vida, e se existe algum meio de vencer a morte é, sem dúvida, por intermédio dela que poderemos alcançá-lo. Temos, portanto, razão em nos revoltar contra a natureza que mata, se ela mata aquilo que existe de moralmente melhor em nós e nos outros.

O amor verdadeiro jamais deveria ser expresso na língua do tempo. Nós dizemos: "Eu amava meu pai quando ele estava vivo; eu amei muito minha mãe ou minha irmã". Por que essa linguagem, essa afeição colocada no passado? Por que não dizer sempre: "Eu amo meu pai, eu amo minha mãe"? O amor não quer e não deve ser um eterno presente?

Como dizer a uma mãe que não existe nada de verdadeiramente e de definitivamente *vivo*, de *pessoal* e de *único* nos grandes olhos sorridentes e, não obstante, meditativos da criança que ela conserva sobre os seus joelhos? Ou que esse pequeno ser, que ela sonha bom e grande, e em quem ela pressente todo um mundo, é um simples acidente da espécie? Não! Seu filho não é semelhante àqueles que já viveram e nem àqueles que viverão. Alguém terá algum dia esse mesmo olhar? Todos os sorrisos que passam sucessivamente nos rostos das gerações jamais serão esse certo sorriso que ilumina aqui, perto de mim, o rosto amado. A natureza inteira não tem equivalente para o indivíduo – que ela pode aniquilar, mas não substituir. Não é, portanto, sem razão que o amor não pode consentir nessa substituição dos vivos uns pelos outros que constitui o próprio movimento da vida. Ele não pode aceitar o turbilhonamento eterno da poeira do ser: ele gostaria de fixar a vida, deter o mundo em sua marcha. E o mundo não se detém: o futuro chama incessantemente as gerações, e essa poderosa força de atração é também uma força de dissolução. A natureza só engendra com aquilo que ela mata, e só faz a alegria dos amores novos com a dor dos amores rompidos.

Esse protesto do amor contra a morte, contra a dissolução do indivíduo, estende-se até mesmo aos seres inferiores ao homem. Um cão, ao que parece, tem apenas um valor venal e, no entanto, poderei um dia comprar novamente aquele que morreu com os olhos nos meus olhos, lambendo pela última vez a minha mão? Aquele lá também me amava com todas as forças do seu pobre ser inferior, e ele teria desejado me reter ao ir embora, e eu também teria desejado retê-lo, não senti-lo sucumbir em minhas mãos. Todo o ser que ama não adquire um direito à imortalidade? Sim! O ideal da afeição seria imortalizar todos os seres. E ela não se deteria apenas nisso: o poeta, que sente tudo aquilo que existe de individual mesmo em uma flor, mesmo no raio de luz que a colore, mesmo na gota d'água que a sacia, gostaria de imortalizar a natureza inteira. Ele gostaria da eternidade para uma gota d'água matizada, para o arco-íris de uma bolha de sabão. Será que duas bolhas serão sempre iguais na natureza? E, enquanto o poeta queria assim tudo reter, tudo conservar, não ver se apagar nenhum dos seus sonhos, acorrentar o oceano da vida, o sábio responde que é preciso deixar correr a onda eterna, subir a grande maré engrossada com as nossas lágrimas e com o nosso sangue, deixar a liberdade ao ser e ao mundo. Existe, diz o sábio, alguma coisa de mais sagrada que o amor individual: é o fluxo, o refluxo e o progresso da vida.

Assim, na questão da imortalidade individual, duas grandes forças puxam em sentidos contrários o pensamento humano: a ciência, em nome da evolução natural, é levada a sacrificar em toda parte o indivíduo; o amor, em nome de uma evolução superior (moral e social), gostaria de conservá-lo por inteiro. Essa é uma das mais inquietantes antinomias que se apresentam diante do espírito do filósofo.

Deve-se conceder inteiramente o ganho de causa à ciência ou então é preciso acreditar que existe alguma coisa de verídico no instinto social que fundamenta qualquer afeição, assim como existe um pressentimento, uma antecipação da verdade, em todos os outros grandes instintos naturais? O instinto social tem, aqui, muito mais valor aos olhos do filósofo, já que se tende hoje em dia a considerar o próprio indivíduo como uma sociedade e a associação como uma lei universal da natureza, da qual as sociedades humanas são apenas um caso particular. O amor, que é o mais alto grau da força de coesão no universo, talvez tenha razão em querer reter alguma coisa da associação entre os indivíduos. Seu único erro é o de exagerar suas pretensões ou de localizar mal as suas esperanças. Afinal de contas, não é possível ser demasiado exigente nem pedir demais à natureza. Um verdadeiro filósofo deve, no incêndio da vida, mesmo com relação àqueles a quem ama, conformar-se com as perdas inevitáveis para salvar o que é possível. A morte é como a prova da chama, que só purifica consumindo.

A ciência que parece mais oposta à conservação do indivíduo e, sobretudo, à *matemática*, que não vê no mundo senão algarismos sempre variáveis e transformáveis uns nos outros, joga sempre com abstrações. Ao contrário, talvez a mais concreta das ciências, a *sociologia*, vê em toda parte "agrupamentos" de realidades: ela não pode, portanto, deixar também de dar importância às relações de associação nem aos próprios termos entre as quais elas existem. Busquemos se, desse ponto de vista superior de uma ciência mais completa e mais concreta, a consciência – princípio da personalidade verdadeira – exclui necessariamente e excluirá sempre essa possibilidade de duração indefinida que todas as grandes religiões atribuem ao *espírito*.

III

A antiga metafísica preocupou-se muito com as questões da substância, indagando se "a alma" era feita de uma "substância" simples ou de uma substância composta. Era o mesmo que se perguntar se o espírito era feito de uma espécie de matéria indivisível ou divisível; era tomar por base a representação imaginativa e, de alguma maneira, extensa das operações mentais. É sobre essa ontologia das substâncias simples que se fundamentou a "demonstração" da imortalidade. A filosofia evolucionista tende hoje em dia a considerar, em todas as coisas, não a substância, mas as *ações* que, fisicamente, se traduzem em *movimentos*. A consciência é uma certa ação, acompanhada de um certo conjunto de movimentos. Se ela existisse em uma substância, não é a duração dessa substância que nos interessaria, mas a de sua própria ação, já que é essa ação que constituiria verdadeiramente a consciência, o *espírito*.

Wundt é um daqueles que melhor mostraram – depois de Aristóteles, Hume, Berkeley, Kant e Schelling – aquilo que existe de ilusório em buscar sob a consciência uma substância simples. É somente a experiência interna, diz ele, é somente a própria consciência que é, para nós, "imediatamente *certa*". Ora, isso implica, acrescenta ele, "que todas essas substâncias às quais o espiritualismo vincula e liga a experiência interna ou externa são aquilo que existe de mais *incerto*, porque elas não nos são dadas por nenhuma experiência. São ficções voluntárias com a ajuda das quais se tenta explicar a *conexão* entre as experiências". A verdadeira explicação dessa conexão deve ser buscada em outro lugar, em uma *continuidade de função*, e não em uma simplicidade de substância. "Os efeitos consecutivos dos estados anteriores se combinam com aqueles que estão chegando: dessa maneira, pode nascer uma continuidade tanto dos estados internos quanto dos movimentos externos, continuidade que é a condição de uma consciência." A ligação entre os estados mentais sucessivos falta nos corpos, embora eles já devam envolver o embrião da ação e da sensação. Por essa razão, Leibniz não estava errado em dizer que os corpos são "espíritos momentâneos", em que tudo é esquecido imediatamente, onde nada extravasa do presente para o passado e para o futuro. A vida consciente, ao contrário, realiza através dos elementos que se modificam uma continuidade de funções mentais, um hábito, uma memória, uma duração. Essa continuidade não é um resultado da simplicidade, mas, pelo contrário, da complexidade superior que pertence às funções mentais. "Por seu lado físico", diz Wundt, "assim como por seu lado mental, o corpo vivo é uma unidade. Essa unidade não está fundada na simplicidade, mas, pelo contrário, na composição muito complexa. A consciência, com seus estados múltiplos e, no entanto, estreitamente unidos, é, para nossa concepção interna, uma unidade análoga à que é o organismo corporal para nossa concepção externa. A correlação absoluta entre o físico e o mental sugere a seguinte hipótese: *Aquilo que nós chamamos de alma é o ser interno da mesma unidade que encaramos, exteriormente, como sendo o corpo que lhe pertence.* Essa maneira de conceber o problema da correlação entre o físico e o mental leva, inevitavelmente, a supor que o ser intelectual é a realidade das coisas e que a propriedade mais essencial do ser é o desenvolvimento, a evolução. A consciência humana é, para nós, o ápice dessa evolução: ela constitui o ponto nodal no curso da natureza, onde o mundo se recorda de si mesmo. Não é como ser simples, mas como o produto evoluído de inumeráveis elementos que a alma humana é, segundo a expressão de Leibniz, um *espelho do mundo*."

Desse ponto de vista moderno que, como se vê, é um desenvolvimento do ponto de vista de Aristóteles[2], a questão da imortalidade redunda em saber até onde pode se estender a continuidade das funções mentais do "ser intelectual" ou espiritual, que é "a unidade interna de uma multiplicidade complexa apreendendo a si própria".

Observemos, primeiramente, que na própria ordem das coisas materiais nós temos exemplos de compostos indissolúveis. Os pretensos átomos simples são compostos desse gênero. O átomo de hidrogênio já é provavelmente um

---

2. Ver *A metafísica de Aristóteles*, de Ravaisson, tomo II, e *Relatório sobre a filosofia na França*.

todo de uma extrema complexidade, um mundo formado de mundos em gravitação. A própria ideia de um átomo verdadeiramente indivisível é filosoficamente infantil. W. Thomson e Helmholtz mostraram que nossos átomos são turbilhões. E eles realizaram experimentalmente turbilhões análogos formados de fumaça (por exemplo, a fumaça do cloridrato de amoníaco). Cada "anel-turbilhão" é sempre composto das mesmas partículas. Não é possível separar uma única partícula das outras: ele tem, assim, uma individualidade fixa. Se tentarmos cortar os anéis-turbilhões, eles fugirão diante da lâmina ou se curvarão em torno dela, sem se deixarem atingir: eles são indivisíveis. Eles podem se contrair, se dilatar, penetrar parcialmente uns nos outros ou se deformar, mas jamais se dissolvem. E daí alguns sábios concluíram: "Temos, portanto, uma prova material da existência dos átomos". Sim! Com a condição de entender por átomo alguma coisa tão pouco simples, tão pouco primordial e tão enorme, relativamente, quanto uma nebulosa. Os átomos são "indivisíveis" como uma nebulosa não pode ser dividida com uma faca, e o átomo de hidrogênio tem quase a mesma "simplicidade" que o nosso sistema solar.

Agora, só o que existe de indissolúvel no mundo são os pretensos átomos – esses "indivíduos" físicos? E não é possível supor, no domínio mental, indivíduos mais dignos desse nome, que em sua própria complexidade encontrariam razões de duração?

Segundo as doutrinas que hoje predominam na fisiologia e na psicologia experimental, a consciência individual seria um composto em que se misturam consciências associadas, as das células que formam o organismo[3]. Com o indivíduo envolvendo assim uma sociedade, o problema da morte redunda em nos perguntarmos se é possível existir uma associação de ordem mental, ao mesmo tempo bastante sólida para durar para sempre e bastante sutil, bastante flexível, para adaptar-se ao meio sempre cambiante da evolução universal.

Esse problema – observamos logo de início – é justamente aquele que buscam resolver as sociedades humanas. No primeiro grau da evolução social, a solidez e a flexibilidade de adaptação raramente estiveram unidas. O imutável Egito, por exemplo, não foi muito progressivo. No segundo grau, à medida que a ciência avança e que, na ordem prática, a liberdade aumenta, a civilização mostra-se, ao mesmo tempo, mais sólida e mais indefinidamente flexível. Um dia, quando a civilização científica for definitivamente dona do

---

3. "A associação ou o agrupamento é a lei geral de qualquer *existência*, orgânica ou inorgânica. A sociedade propriamente dita é apenas um caso particular – o mais complexo e o mais elevado – dessa lei universal... Uma *consciência* é antes um *nós* do que um *eu*... Em suas relações com outras consciências, ela pode, saindo de seus limites ideais, unir-se com elas e formar assim uma consciência mais compreensiva, mais una e mais durável, de quem ela recebe e a quem ela comunica o pensamento, tal como um astro toma emprestado e comunica o movimento ao sistema ao qual ele pertence." (Espinas, *Das sociedades animais*, p. 128) – Ver também Alfred Fouillée, *A ciência social contemporânea*, livro II).

globo, ela terá a seu serviço uma força mais segura do que as massas mais compactas e aparentemente mais resistentes; ela será mais inabalável que as próprias pirâmides de Quéops. Ao mesmo tempo, essa civilização científica se mostrará cada vez mais flexível, progressiva e capaz de apropriação em todos os meios: essa será a síntese final da complexidade e da estabilidade. O próprio caráter do pensamento é ser uma faculdade de adaptação crescente: quanto mais o ser se intelectualiza mais ele aumenta a sua potência de apropriação. O olho, mais intelectual que o tato, fornece também um poder de adaptação a meios mais amplos, mais profundos e mais diversos. O pensamento, indo ainda mais longe que o olho, põe-se em harmonia com o próprio universo, com os sóis e as estrelas da imensidão, assim como com os átomos da gota d'água. Se a memória é uma obra-prima de fixação intelectual, o raciocínio é uma obra-prima de flexibilidade, de mobilidade e de progresso. Portanto, quer se tratem dos indivíduos ou dos povos, os mais intelectuais são também aqueles que têm, ao mesmo tempo, mais estabilidade e maleabilidade. O problema social está em encontrar a conciliação entre essas duas coisas. O problema da imortalidade é, no fundo, idêntico a esse problema social: ele apenas se volta para a consciência individual concebida como uma espécie de consciência coletiva. Desse ponto de vista, é provável que, quanto mais a consciência pessoal seja perfeita, mais ela realize, ao mesmo tempo, uma harmonia durável e uma potência de metamorfose indefinida. Por conseguinte, mesmo admitindo o que diziam os pitagóricos – que a consciência é um número, uma harmonia, um acorde de voz –, podemos ainda nos perguntar se alguns acordes não se tornarão bastante perfeitos para ressoar para sempre, sem deixarem por isso de poder entrar sempre como elementos nas harmonias mais complexas e mais ricas. Existiriam, na ordem mental, sons de lira vibrando ao infinito sem perderem sua tonalidade fundamental sob a multiplicidade de suas variações. Deve haver uma evolução na organização das consciências, como existe uma na organização das moléculas e das células vivas – e, aí também, são as combinações mais vivas, mais duráveis e, ao mesmo tempo, mais flexíveis que devem levar a melhor, por fim, na luta pela vida.

A consciência é um conjunto de associações de ideias e, consequentemente, de hábitos, agrupados em volta de um centro. Ora, nós sabemos que o hábito pode ter uma duração indefinida. Para a filosofia contemporânea, as próprias propriedades dos elementos materiais já são hábitos, associações indissolúveis. Uma espécie vegetal ou animal é também um hábito, um tipo de agrupamento e de forma orgânica que subsiste através dos séculos. Não está provado que os hábitos de ordem mental não possam, pelo progresso da evolução, chegar a uma fixidez e a uma duração das quais não conhecemos hoje nenhum exemplo. Não está provado que a instabilidade seja o caráter definitivo e perpétuo das funções mais elevadas da consciência. A esperança filosófica da imortalidade está fundada na crença oposta, segundo a qual, no último estágio da evolução, a luta pela vida se tornaria uma luta pela imortalidade. A natureza viria então – não à força de simplicidade, mas à força de sábia complexidade – a realizar uma espécie de imortalidade progressiva, produto final da seleção. Os símbolos religiosos seriam apenas a antecipação desse período final.

Consideremos agora as consciências em sua relação mútua. A psicologia contemporânea tende a admitir que consciências diferentes ou, se preferirem, diferentes agregados de estados de consciência podem se unir ou mesmo interpenetrar-se. É alguma coisa análoga ao que os teólogos chamavam de penetração das almas. A partir disso, podemos nos perguntar se as consciências, interpenetrando-se, não poderão um dia continuar umas nas outras, comunicar uma nova duração, em vez de permanecer – segundo a expressão de Leibniz – mais ou menos "momentâneas".

Nas intuições místicas das religiões entrevê-se, por vezes, o pressentimento de verdades superiores: São Paulo nos diz que os céus e a terra passarão, que as profecias passarão, que as línguas passarão, e que uma única coisa não passará: a caridade, o amor. Para interpretar filosoficamente essa alta doutrina religiosa, é preciso admitir que o vínculo do amor natural, que é o menos *simples* e o menos primitivo de todos, será, entretanto, um dia o mais durável e também o mais capaz de estender-se e de abarcar progressivamente um número de seres sempre mais próximo da totalidade, da "cidade celeste". É por aquilo que cada um teria de melhor, de mais desprendido, de mais impessoal e de mais amorável que se conseguiria penetrar com sua ação na consciência do outro. E esse desprendimento coincidiria com o desprendimento dos outros, com o amor dos outros por ele: haveria, assim, a possibilidade de fusão, haveria uma penetração mútua tão intensa que, do mesmo modo como se pode soprar o ar no peito dos outros, se viria a viver no próprio coração dos outros. Certamente, entramos aqui no domínio dos sonhos, mas nos impomos como regra que esses sonhos, se são ultracientíficos, não sejam anticientíficos. Transportemo-nos, portanto, para essa época problemática, embora não contraditória para o espírito, em que as consciências alcançando juntas um grau superior de complexidade e de unidade interna poderão interpenetrar-se muito mais intimamente que hoje, sem que nenhuma delas desapareça em decorrência dessa penetração. Elas se comunicariam assim entre si como, no corpo vivo, as células simpatizam e contribuem todas para formar a consciência coletiva: "todos em um, um em todos". Podemos imaginar meios de comunicação e de simpatia muito mais sutis e mais diretos do que os que existem hoje entre os diversos indivíduos. A ciência do sistema nervoso e cerebral está apenas no começo. Nós não conhecemos ainda senão as exaltações doentias desse sistema, as simpatias e sugestões a distância do hipnotismo, mas já entrevemos todo um mundo de fenômenos nos quais, por intermédio de movimentos de uma fórmula ainda desconhecida, tende a produzir-se uma comunicação de consciências e mesmo, quando as vontades mútuas consentem nisso, uma espécie de absorção de personalidades uma pela outra. Essa completa fusão das consciências – onde, aliás, cada uma poderia conservar sua própria nuança, mesmo se compondo totalmente com a dos outros – é aquilo que sonha e persegue desde hoje o amor que, sendo ele mesmo uma das grandes forças sociais, não deve trabalhar em vão.

Se supomos que a união das consciências individuais vai incessantemente se aproximando desse ideal, a morte do indivíduo encontrará evidentemente uma resistência sempre maior da parte das outras consciências que desejarão retê-lo. E, de fato, elas reterão primeiramente uma lembrança sempre mais forte dele, sempre mais *viva*, por assim dizer. A lembrança, no atual estado de nossa humanidade, é apenas uma representação absolutamente distinta do ser que ela representa, como uma imagem que ficasse tremulando no éter na própria ausência do objeto refletido. É porque existe ainda uma ausência de solidariedade íntima e de comunicação contínua entre um indivíduo e outro. Mas é possível conceber uma imagem que mal se distinga do objeto representado, que seja aquilo que existe dele em mim, que seja como a ação e o prolongamento de uma outra consciência na minha consciência. Seria como uma parte em comum e um ponto de contato entre os dois *eus*. Do mesmo modo como, na geração, os dois fatores conseguem se combinar em um terceiro termo – seu representante comum – esta imagem animada e animante; em vez de permanecer passiva, seria uma ação entrando como força componente na soma das forças coletivas. Seria uma unidade nesse todo complexo existindo não somente em si, mas por si, que chamamos de uma consciência.

Nessa hipótese, o problema consistiria em ser, ao mesmo tempo, bastante amante e bastante amado para viver e sobreviver nos outros. O molde do indivíduo, com seus acidentes exteriores, se perderia, desapareceria como o de uma estátua: o deus interior reviveria na alma daqueles que ele amou e que o amaram. Um raio de sol pode conservar por algum tempo, sobre um papel morto, as linhas mortas de um rosto. A arte humana pode ir mais longe, dar a uma obra as aparências mais refinadas da vida. Mas a arte ainda não pode animar sua Galateia*. Seria necessário que o amor chegasse aí, seria necessário que aquele que se vai e aqueles que ficam se amassem de tal forma que as sombras projetadas por

---

* Tendo fabricado uma estátua de marfim que representava a mulher perfeita, o escultor Pigmalião apaixonou-se perdidamente por ela. Comovida, a deusa Vênus deu vida à estátua, que recebeu o nome de Galateia. (N. T.)

eles na consciência universal formassem apenas uma e, então, o amor animaria constantemente, com sua própria vida, essa imagem doravante única. O amor não fixa somente os traços imóveis, como a luz; ele não oferece apenas as aparências da vida, como a arte. Ele pode fazer viver nele e por ele. A desunião tornar-se-ia, portanto, impossível, como nesses átomos-turbilhões dos quais falamos mais acima, que parecem constituir um único ser, porque nenhuma força pode conseguir cortá-los. Sua unidade não provém de sua simplicidade, mas de sua inseparabilidade. Do mesmo modo, na ordem do pensamento, um infinito viria desabrochar em um feixe vivo que não poderia ser rompido, em um anel luminoso que não poderia ser dividido nem apagado. O átomo, dizem, é "inviolável"; a consciência terminaria, ela também, por ser inviolável de fato como ela o é de direito.

O foco secundário de calor e de luz vital se tornaria até mesmo mais importante que o foco primitivo, de modo que uma espécie de substituição gradual pudesse ser feita de um para o outro; a morte seria apenas essa substituição e, cada vez mais, ela se realizaria sem abalos. Nós nos sentiríamos entrar e nos alçar desde esta vida na imortalidade da afeição. Seria uma espécie de nova criação. A moralidade e a própria religião não são, segundo pensamos, senão um fenômeno de fecundidade moral: a imortalidade seria a manifestação última dessa fecundidade. Então se veria desaparecer, em uma síntese final, essa oposição que o sábio acredita perceber hoje entre a geração da espécie e a imortalidade do indivíduo. Se fechamos os olhos na morte, os fechamos também no amor, e o amor poderia se tornar fecundo até para além da morte.

Seria assim encontrado o ponto de contato entre a vida e a imortalidade. Na origem da evolução, a partir do momento em que o indivíduo era tragado pela morte, tudo estava acabado para ele, o esquecimento completo se fazia em torno dessa consciência individual recaída na noite. Através do progresso moral e social, a lembrança aumenta sempre, ao mesmo tempo, de intensidade e de duração; sobrevive ao morto uma imagem que só se apaga por graus, morrendo mais tardiamente. A lembrança dos seres amados, aumentando em força, pode terminar um dia por se misturar à vida e ao sangue das novas gerações, passando de uma para outra, entrando com elas na corrente eterna da existência consciente. Essa lembrança persistente do indivíduo seria um acréscimo de força para a espécie, porque aqueles que se lembram sabem amar melhor do que aqueles que se esquecem, e aqueles que sabem amar melhor são superiores do próprio ponto de vista da espécie. É possível, portanto, prever um triunfo gradual da lembrança pela via da seleção. É possível sonhar com o dia em que o próprio indivíduo possa se colocar tão bem por inteiro em sua imagem como o artista se colocaria em uma obra – se ele pudesse criar uma obra viva –, que a morte se tornaria quase indiferente, secundária, menos que uma ausência: o amor produziria a "presença eterna".

Já agora encontramos, por vezes, indivíduos tão amados que podem se perguntar se, ao partirem, não permanecerão ainda quase por inteiro naquilo que eles têm de melhor, e se sua pobre consciência – ainda impotente para romper todos os laços com um organismo demasiado grosseiro – não teria conseguido, no entanto, com a ajuda do amor daqueles que os cercam, passar quase inteiramente para eles. Já é neles que eles vivem verdadeiramente e, do lugar que eles ocupam no mundo, o pequeno recanto ao qual estão mais apegados – e onde desejariam permanecer para sempre – é o pequeno recanto que está guardado para eles em dois ou três corações amantes.

Esse fenômeno de palingênese* mental, primeiramente isolado, iria estendendo-se cada vez mais na espécie humana. A imortalidade seria uma aquisição final, feita pela espécie em proveito de todos os seus membros. Todas as consciências acabariam por participar dessa sobrevivência no seio de uma consciência mais ampla. A fraternidade envolveria todas as almas, tornando-as transparentes umas para as outras. O ideal religioso e moral seria realizado.

Estão aí especulações em um domínio que, se não sai da *natureza*, sai da nossa experiência e da nossa ciência natural. Mas a mesma razão que cumula de incerteza todas

---

* Termo estoico que designa o renascimento periódico do mundo, após um ciclo de vida. Em um sentido restrito, indica uma renovação radical. (N. T.)

essas hipóteses é também aquela que as torna e as tornará sempre possíveis: nossa ignorância irremediável do próprio fundo da consciência. Mesmo levando em conta qualquer descoberta que a ciência possa fazer um dia sobre a consciência e suas condições, não se conseguirá jamais determinar cientificamente a sua natureza íntima nem, consequentemente, a natureza durável ou perecível. O que é, psicológica e metafisicamente, a *ação* consciente e o *querer*? O que é mesmo a ação que parece inconsciente, a força, a *causalidade* eficaz? Nós não sabemos; somos obrigados a definir a ação interna e a força pelo movimento externo, que, no entanto, é apenas o seu efeito e a sua manifestação. Mas um filósofo estará sempre livre para negar que o movimento, como simples mudança de relações no espaço, seja a totalidade da *ação*, e que só existam movimentos sem motores, relações sem termos reais e sem agentes que as produzam. A partir disso, como saber até que ponto a verdadeira ação é *durável* em seu princípio radical, na força interna da qual ela emana, da qual o movimento local é como o sinal visível, da qual a consciência é a revelação íntima? Retemos sempre alguma coisa de nós mesmos, tanto na ação quanto na palavra. Talvez possamos reter alguma coisa de nós mesmos na passagem através desta vida. É possível que o fundo da consciência pessoal seja uma potência incapaz de esgotar-se em qualquer ação, assim como de conservar-se em qualquer forma.

Em todo caso, existe e sempre existirá aí um "mistério" filosófico, que se deve ao fato de que a consciência, o pensamento, é uma coisa *sui generis*, sem analogia, absolutamente inexplicável, cujo fundo permanece para sempre inacessível às fórmulas científicas e, por conseguinte, para sempre aberto às hipóteses metafísicas. Do mesmo modo que o ser é o grande gênero supremo, *genus generalissimum*, envolvendo as espécies do objetivo, a consciência é o grande gênero supremo envolvendo e contendo todas as espécies do subjetivo. Nunca será possível, portanto, responder inteiramente a essas duas questões: O que é o *ser*? O que é a *consciência*? E nem, por isso mesmo, a esta terceira questão, que pressuporia a solução das outras duas: "A consciência será?"

Lê-se em um velho relógio de sol de uma aldeia do sul: *Sol non occidat!* Que a luz não se apague! Tal é bem a palavra que viria completar o *Fiat lux*. A luz é a coisa deste mundo que menos deveria nos trair, ter seus eclipses, seus enfraquecimentos. Ela deveria ter sido criada "para sempre", εις αει..., jorrar dos céus pela eternidade. Mas talvez a luz intelectual, mais poderosa, a luz da consciência, termine por escapar a essa lei de destruição e de obscurecimento que vem em toda parte contrabalançar a lei de criação. Só então o *Fiat lux* será plenamente realizado: *Lux non occidat in aeternum!* *

---

* "Que a luz não se apague para sempre!" (N. T.)

IV

Se generalizarmos as hipóteses precedentes e se supusermos a esfera da consciência estendendo-se cada vez mais na natureza, a dissolução universal não parece mais uma lei tão inelutável do destino. É importante não estender ao futuro, sem provas, aquilo que só o passado verificou. Até o presente, não existe, pelo que sabemos, nenhum indivíduo, grupo de indivíduos, sociedade ou mundo que tenha chegado a uma plena *consciência* de si, a um conhecimento completo de sua vida e das leis desta vida. Não podemos, portanto, afirmar nem demonstrar que a dissolução esteja essencialmente e eternamente ligada à evolução pela própria *lei* do ser: a lei das leis permanece, para nós, χ*. Para apreendê-la, um dia, seria necessário um estado do pensamento bastante elevado para confundir-se com essa própria lei. É possível, aliás, sonhar com um semelhante estado e, se é impossível provar sua existência, é ainda mais impossível provar sua não existência. Talvez um dia, se o pleno conhecimento de si, se a plena consciência fosse realizada, ela produziria uma potência correspondente bastante grande para deter, dali por diante, o trabalho de dissolução, a partir do ponto em que ela tivesse chegado à existência. Os seres que soubessem, na infinita complicação dos movimentos

---

* Guyau utiliza esse signo algébrico como sinônimo de "uma incógnita". (N. T.)

do mundo, distinguir aqueles que favorecem sua evolução daqueles que tendem a dissolvê-la, talvez fossem capazes de opor-se aos segundos. Com isso, a salvação definitiva do mundo estaria assegurada. Para atravessar o mar, é preciso que a asa de um pássaro tenha uma certa envergadura. É uma questão de alguns pedacinhos de pena; sua sorte está lançada sobre essas leves plumas. Até que suas asas estejam bastante fortes, as aves marinhas que se afastam do litoral sucumbem uma após outra. Um dia, suas asas crescem, e elas podem atravessar o oceano. Seria necessário também que crescesse, por assim dizer, a envergadura dos mundos e dos seres, que se alargasse neles a parte da consciência: talvez, então, fossem produzidos seres capazes de atravessar a eternidade sem sucumbir. Talvez a evolução pudesse ser posta ao abrigo de um recuo: pela primeira vez, na marcha do universo, um resultado definitivo teria sido obtido. De acordo com os símbolos muitas vezes profundos da religião grega, o Tempo é o pai dos mundos. A força da evolução, que os modernos colocam acima de qualquer outra coisa, é sempre o velho Saturno* que cria e devora: qual de seus filhos o enganará e o vencerá? Que Júpiter será, um dia, bastante forte para acorrentar a força divina e terrível que

---

* O mesmo que Crono, antigo rei dos deuses na mitologia greco-romana. Advertido de que seria destronado por um de seus filhos, ele os devorava logo após seu nascimento. Porém, isso não evitou que ele fosse enganado por sua esposa Reia, que conseguiu salvar três das crianças. Uma delas, Júpiter (Zeus), terminou por tomar seu lugar. (N. T.)

terá engendrado a ele próprio? Para esse recém-nascido do universo, para esse deus de luz e de inteligência, o problema consistiria em limitar a eterna e cega destruição sem deter a fecundidade eterna. Nada, afinal de contas, pode nos fazer afirmar cientificamente que tal problema permaneça para sempre insolúvel.

Com efeito, o grande recurso da natureza é o número, cujas combinações possíveis são elas mesmas inumeráveis e constituem a mecânica eterna. Os acasos da mecânica e da seleção, que já produziram tantas maravilhas, podem produzir outras ainda superiores. É sobre isso que os Heráclito, os Empédocles e os Demócrito, como mais tarde os Laplace, os Lamarck e os Darwin, fundaram sua concepção do jogo que se joga na natureza e de todas as *sortes* diversas que são, ao mesmo tempo, *destinos*. Existem, sem dúvida, na marcha dos mundos e em sua história – assim como na história dos povos, das crenças e das ciências – um certo número de pontos onde os caminhos se bifurcam, onde o menor empurrão para um lado ou para outro é suficiente para perder ou salvar o esforço acumulado pelos séculos. Devemos ter transposto com felicidade uma infinidade de encruzilhadas desse gênero para conseguirmos nos tornar a humanidade que somos. A cada nova encruzilhada que encontramos, o risco sempre se apresenta diante de nós, e sempre por inteiro. Certamente, o número de vezes em que um soldado afortunado evitou a morte não fará que se desvie nem por um milímetro a bala que pode ser atirada nele de um instante para o outro na peleja. Todavia, se os riscos dos quais se escapou não garantem de forma alguma o futuro, os insucessos passados não constituem igualmente uma prova de insucesso eterno.

Talvez a objeção mais séria para a esperança – objeção que não foi bastante evidenciada até aqui e que o próprio Renan não levantou nos sonhos demasiado otimistas de seus *Diálogos* – é a eternidade *a parte post**, é o semimalogro do esforço universal que não pôde culminar ainda senão nesse mundo. Todavia, se existe aí uma razão para restringir nossa confiança no futuro do universo, não é um motivo para se desesperar. Dos dois infinitos de duração que temos por trás e à frente de nós, um único decorreu estéril, ao menos em parte. Mesmo supondo o completo malogro da obra humana e da obra que perseguem conosco uma infinidade de irmãos extraterrestres, restará sempre matematicamente ao universo pelo menos *uma chance* em *duas* de ter êxito: é o bastante para que o pessimismo jamais possa triunfar no espírito humano. Se os lances de dados que, segundo Platão, são jogados no universo, não produziram ainda senão mundos mortais, civilizações logo arqueadas, individualidades sempre frágeis, o cálculo das probabilidades demonstra que não é possível, mesmo depois de uma infinidade de jogadas, prever o resultado da jogada que se faz agora ou que será

---

* "Sem limites no futuro." (N. T.)

feita amanhã. O futuro não é inteiramente determinado pelo passado que *conhecemos*. O futuro e o passado estão em uma relação de reciprocidade, e não é possível conhecer um absolutamente sem o outro nem, consequentemente, adivinhar um por intermédio do outro.

Suponhamos uma flor desabrochada em um ponto qualquer do espaço infinito, uma flor sagrada: a do pensamento. Desde a eternidade, mãos procuram em todos os sentidos, no espaço obscuro, agarrar a flor divina. Algumas tocam nela por acaso e depois se extraviam novamente, perdidas na noite. A flor divina será algum dia colhida? E por que não? Toda a negação aqui é apenas uma prevenção nascida do desencorajamento; não é a expressão de uma probabilidade. Suponhamos ainda um raio atravessando o espaço em linha reta sem ser refletido por nenhum átomo sólido, nenhuma molécula de ar, e olhos que, na eterna obscuridade, buscam esse raio sem poderem ser advertidos da sua passagem, tratando de descobri-lo no ponto preciso em que ele abre caminho no espaço. O raio segue, mergulha no infinito, nunca encontrando nada, e, entretanto, olhos abertos, uma infinidade de olhos ardentes, desejam-no e creem por vezes sentir o estremecimento luminoso que se propaga ao redor dele, acompanhando sua travessia vitoriosa. Essa procura será eternamente em vão? Se não existe razão definitiva e sem réplica para afirmá-lo, existe ainda menos razão categórica para negá-lo. Casos do acaso, dirá o sábio; e também de perseverança, dirá o filósofo. A própria possibilidade que temos hoje de propor tais problemas sobre o futuro dos mundos, das sociedades e dos indivíduos parece indicar uma aproximação de fato com relação a esse futuro: o pensamento só pode estar à frente da realidade até certo ponto. A concepção de um ideal pressupõe a sua realização mais ou menos delineada. Na era terciária, nenhum animal especulava sobre a "sociedade universal".

Além da infinidade dos números e da eternidade dos tempos, uma nova razão de esperança é a própria imensidade dos espaços, que não nos permite julgar o estado geral do mundo unicamente com base no nosso sistema solar e mesmo estelar. Somos os únicos seres pensantes do universo? Apesar da imaginação demonstrada pela natureza em nosso próprio globo, na variedade de sua flora e de sua fauna, é possível supor que o gênio da vida em nossa terra apresente pontos de similitude com os gênios que trabalham nos outros globos. Apesar da intervenção das diferenças de temperatura, de luz, de atração e de eletricidade, as espécies siderais, tão diferentes quanto forem das nossas, devem ser impulsionadas pelas eternas necessidades da vida no sentido do desenvolvimento intelectual e sensitivo e, nessa via, elas devem ter ido algumas vezes mais longe do que nós, e outras vezes menos. Podemos, portanto, admitir, sem muita inverossimilhança, uma infinidade de humanidades análogas à nossa quanto às faculdades essenciais, embora talvez bastante diferentes quanto à forma dos órgãos e superiores ou inferiores em inteligência. São nossos irmãos planetários. Talvez alguns deles sejam como deuses com relação a nós. É aquilo que resta de cientificamente possível ou verdadeiro nas antigas concepções religiosas que povoam os céus com seres divinos. O testemunho de nossos sentidos e de nossa inteligência, quando se trata da existência de tais seres, não tem maior valor do que o de uma flor de neve das regiões polares, de um musgo do Himalaia ou de uma alga das profundezas do oceano Pacífico, que declarassem a terra vazia de seres verdadeiramente inteligentes porque nunca foram colhidos por uma mão humana. Se existem, em alguma parte, seres verdadeiramente dignos do nome de deuses, de "imortais", eles estão de tal modo afastados de nós que nos ignoram, como nós os ignoramos. Eles talvez realizem o nosso ideal e, no entanto, essa realização do nosso sonho permanecerá para sempre estranha às nossas gerações. Admite-se hoje que a todo pensamento corresponde um movimento. Suponhamos que uma análise mais delicada do que a análise espectral nos permitisse fixar e distinguir em um espectro não somente as vibrações da luz, mas as invisíveis vibrações do pensamento que podem agitar os mundos. Talvez ficássemos surpresos ao ver, à medida que decrescessem a luz demasiado viva e o calor demasiado intenso dos astros incandescentes, eclodir aí gradativamente a consciência, com os astros menores e mais escuros sendo os primeiros a produzi-la, ao passo que os mais ofuscantes e imensos, como Sírius e Aldebaran, seriam os últimos a sentir essas vibrações mais sutis, embora vissem talvez uma eclosão mais considerável de força intelectual, uma humanidade de maiores proporções e em relação com sua enormidade. Se a partida foi ganha em alguma parte, ela pode e deve ter sido ganha em muitos pontos ao mesmo tempo; apenas a ondulação do bem ainda não se espalhou até nós. A luz intelectual anda mais devagar do que a do sol e das estrelas. E, no entanto, quanto tempo é necessário para que um raio de Cabra* consiga chegar a nossa terra!

V

Porém, nos dirão aqueles que não se deixam prender às tentações de todas essas belas e longínquas hipóteses sobre o além da existência, aqueles que veem a morte em toda a sua brutalidade, tal como nós a conhecemos, inclinando-se para a negativa no estado atual da evolução: que consolo, que encorajamento você tem para eles no momento crítico? O que você lhes dirá à beira do aniquilamento? Nada além dos preceitos do antigo estoicismo, três palavras muito simples e um pouco duras: "não ser covarde". Do mesmo modo como o estoicismo errava quando, diante da morte dos outros,

---

* Estrela gigante da constelação do Cocheiro. Também é conhecida como Capela. (N. T.)

não compreendia a dor do amor – condição de sua própria força e de seu progresso nas sociedades humanas –, quando ele ousava interditar o apego e ordenava a impassibilidade, ele tinha razão quando, falando-nos da nossa própria morte, recomendava ao homem que se pusesse acima dela. Não há outra consolação além do fato de poder dizer a si mesmo que se viveu bem, que se cumpriu a sua tarefa, e de pensar que a vida continuará sem descanso depois de você, e talvez um pouco por você; que tudo aquilo que você amou viverá, que aquilo que você pensou de melhor se realizará sem dúvida em alguma parte, que tudo aquilo que havia de impessoal na sua consciência, tudo aquilo que não fez senão passar através de você, todo esse patrimônio imortal da humanidade e da natureza, que você recebeu e que era o melhor de você mesmo, tudo isso viverá, perdurará, aumentará incessantemente e se comunicará novamente sem se perder, que não existe nada menor no mundo do que um espelho partido e que a eterna continuidade das coisas retoma seu curso, uma vez que você não *interrompeu* nada. Adquirir a perfeita consciência dessa continuidade da vida é, por isso mesmo, reduzir a seu justo valor essa aparente descontinuidade – a morte do indivíduo – que talvez não passe do desvanecimento de uma espécie de ilusão viva. Portanto, uma vez mais – em nome da razão, que compreende a morte e que deve aceitá-la, como deve aceitar tudo aquilo que é inteligível –, não ser covarde.

O desespero seria, aliás, grotesco, sendo perfeitamente inútil: os gritos e os gemidos entre as espécies animais – pelo menos aqueles que não eram puros reflexos – tinham como finalidade primitiva despertar a atenção ou a piedade, chamar por socorro: é a utilidade que explica a existência e a propagação na espécie da linguagem da dor. Mas como não há de modo algum socorro a esperar diante do inexorável nem piedade diante daquilo que está em conformidade com o todo e com o nosso próprio pensamento, só a resignação é admissível e, bem mais, um certo consentimento interior e, mais ainda, esse sorriso realçado da inteligência que compreende, observa e se interessa por tudo, mesmo pelo fenômeno de sua própria extinção. Não é possível desesperar-se definitivamente com aquilo que é belo na ordem da natureza.

Se alguém que já sentiu os "horrores da morte" zomba de nossa pretensa segurança em face dela, nós lhe responderemos que não estamos falando como simples ignorantes da perspectiva do "momento supremo". Tivemos ocasião de ver mais de uma vez, e por nossa própria conta, a morte de muito perto – menos frequentemente, sem dúvida, que um soldado. Mas nós tivemos mais tempo para considerá-la com toda a nossa comodidade e jamais tivemos de desejar que um véu viesse se interpor entre ela e nós. Mais vale ver e saber até o fim do que não descer os degraus da vida com os olhos vendados. Sempre nos pareceu que o fenômeno da morte não era digno de uma atenuação, de uma mentira. Tivemos, diante dos olhos, mais de um exemplo dele.

Devemos observar que o progresso das ciências, sobretudo das ciências fisiológicas e médicas, tende a multiplicar hoje em dia esses casos em que a morte é prevista, em que ela se torna objeto de uma espera quase serena. Os espíritos menos estoicos veem-se, por vezes, levados a um heroísmo que, por ser em parte forçado, nem por isso deixa de ter a sua grandeza. Em algumas doenças de longa duração, como a tuberculose e o câncer, aquele que é vitimado por elas pode – se possui alguns conhecimentos científicos – calcular as probabilidades de vida que lhe restam ou determinar, com alguns dias de aproximação, o momento da sua morte – como Bersot* (que eu conheci), como Trousseau** e muitos outros. Sabendo-se condenado, sentindo-se uma coisa entre outras coisas, é com um olho impessoal, por assim dizer, que se chega a encarar a si mesmo, a sentir-se marchar para o desconhecido.

Se essa morte, totalmente consciente de si mesma, tem sua amargura, é, no entanto, aquela que talvez mais seduzisse um puro filósofo, uma inteligência desejando – até o último momento – não ter nada de obscuro em sua vida, nada de não previsto e de não raciocinado. Aliás, a morte mais

---

* Ernest Bersot (1816-1880), professor de filosofia francês. Foi secretário do célebre filósofo Victor Cousin. (N. T.)
** Armand Trousseau (1801-1867), célebre médico francês. (N. T.)

frequente surpreende, de preferência, em plena vida e no ardor da luta. É uma crise de algumas horas, como aquela que acompanhou o nascimento: sua própria subtaneidade a torna menos temível para a maioria dos homens, que são mais bravos diante de um perigo mais curto. Debatemo-nos até o fim contra esse último inimigo, com a mesma coragem obstinada com que enfrentamos qualquer outro. Ao contrário, quando a morte nos chega lentamente, tirando gradativamente as nossas forças e tomando a cada dia alguma coisa de nós, um outro fenômeno bastante consolador se produz.

É uma lei da natureza que a diminuição do ser conduza a uma diminuição proporcional em todos os desejos e que aspiremos menos vivamente àquilo de que não nos sentimos mais capazes: a doença e a velhice começam sempre por depreciar mais ou menos, aos nossos próprios olhos, os gozos que elas nos arrebatam e que eles tornam amargos antes de torná-los impossíveis. O último gozo – o da existência nua, por assim dizer – pode ser também gradualmente diminuído pela aproximação da morte. A impotência de viver, quando se tem bastante consciência disso, conduz à impotência de querer viver. Até respirar se torna doloroso. Temos a sensação de que estamos nos dispersando, nos fragmentando, nos desfazendo em uma poeira de ser, e não temos mais força para nos recuperar. A inteligência começa, de resto, a sair do pobre eu pisado, a poder melhor objetivar-se, a medir de fora o nosso pouco valor, a compreender que, na natureza, a flor fanada não tem mais direito de viver, que a oliva madura – como dizia Marco Aurélio – deve se desprender da árvore. Tudo aquilo que nos resta de sensação ou de pensamento é dominado por um único sentimento, o de estar cansado, muito cansado. Gostaríamos de estar sossegados, relaxar de toda a tensão da vida, deitar-nos, dissolver-nos. Ó, não mais estar de pé! Como os moribundos compreendem essa alegria suprema e se sentem prontos para o repouso no derradeiro leito humano: a terra! Eles nem mesmo invejam mais a interminável fileira dos vivos que eles entreveem, em um sonho, desenrolando-se ao infinito e marchando sobre esse solo onde eles dormirão. Eles estão resignados à solidão da morte, ao abandono. Eles são como o viajante que, tomado pelo mal das terras virgens e dos desertos, roído por essa grande febre dos países quentes – que esgota antes de matar –, se recusa um dia a prosseguir, detém-se subitamente, deita-se: ele não tem mais a coragem de encarar horizontes desconhecidos, ele não pode mais suportar todas as pequenas agitações da marcha e da vida. Ele próprio pede a seus companheiros que o deixem, que sigam sem ele para o objetivo longínquo e, então, estendido sobre a areia, ele contempla amigavelmente, sem uma lágrima, sem um desejo, com o olhar fixo da febre, a ondulante caravana de irmãos que mergulha no horizonte desmesurado, em direção ao desconhecido que ele não verá.

Seguramente, alguns de nós sempre terão medo e tremores em face da morte, eles assumirão expressões desesperadas e torcerão as mãos. Existem temperamentos sujeitos à vertigem, que têm horror aos abismos e que gostariam de evitar, sobretudo, aquele para o qual todos os caminhos conduzem. Montaigne aconselhará a esses homens que se atirem no buraco negro com a "cabeça baixa", como cegos. Outros poderão convidá-los a observar, até o último momento – para esquecer o precipício –, alguma pequena flor da montanha crescendo a seus pés sobre a borda. Os mais fortes contemplarão todo o espaço e todo o céu, encherão seu coração dessa imensidão, tratarão de fazer sua alma ser tão ampla quanto o abismo, se esforçarão para matar neles – de antemão – o indivíduo. E eles sentirão apenas o último abalo que rompe tudo aquilo que havia de frágil no eu. A morte, aliás, para o filósofo – este amigo de todo o desconhecido –, oferece ainda o atrativo de alguma coisa a ser conhecida. Ela é, depois do nascimento, a novidade mais misteriosa da vida individual. A morte tem seu segredo, seu enigma, e conservamos a vaga esperança de que ela nos diga, como resposta – por uma derradeira ironia, ao nos esmagar –, que os moribundos, seguindo a crença antiga, adivinham, e que seus olhos só se fecham porque são ofuscados por um clarão. Nossa última dor permanece também a nossa última curiosidade.

Apêndice* 5

Análise dos dois primeiros livros do *De finibus*[1]

Preâmbulo

Existiam, na Roma letrada, dois partidos entre os quais todos se dividiam nos tempos de Cícero: uns, fiéis às velhas tradições romanas, rejeitavam como inúteis ou desdenhavam como impróprias a filosofia e qualquer ciência especulativa;

---

* Este texto é a introdução de Guyau à sua edição do tratado *Dos supremos bens e dos supremos males* (*De finibus bonorum et malorum*), de Cícero. Esse livro foi publicado em 1875 (Paris, Librairie Ch. Delagrave), quando Guyau tinha apenas 21 anos. (N. T.)

1. Muitas vezes se tem julgado com demasiada severidade a exposição e a refutação do sistema epicurista contidas nos dois primeiros livros do *De finibus*. – A exposição, dizem, é infiel e, no mínimo, incompleta; a refutação também é incompleta e superficial. Existe seguramente alguma verdade nessas críticas repetidas pelos próprios comentadores de Cícero. No entanto, acreditamos que, sob a desordem real ou aparente do *De finibus*, seja possível reencontrar e reconstituir, em seu conjunto, a moral de Epicuro, assim como os argumentos sutis e muitas vezes profundos com os quais os estoicos, os peripatéticos e os acadêmicos responderam a ela. É esse trabalho que tentamos indicar nesta rápida análise.

outros, partidários exclusivos das letras gregas, queriam que a filosofia fosse aprendida, mas acreditavam que só era possível aprendê-la com os gregos e desprezavam qualquer tradução em língua latina das obras gregas originais.

É, ao mesmo tempo, a esses dois partidos que Cícero se dirige em um longuíssimo preâmbulo: para uns, ele prova a utilidade da filosofia em geral; sobretudo da moral. Para os outros, ele mostra que uma tradução jamais é desprezível quando ela é fiel e correta: aliás, acrescenta, ele próprio não se limita a traduzir, mas pensa e fala muitas vezes por sua própria conta[2].

Depois de ter, durante algum tempo, entremeado o elogio da filosofia com o da língua latina e, enfim, seu próprio elogio, de vez em quando, ingenuamente repetido, Cícero passa ao objeto do livro, ao diálogo sobre os supremos bens e os supremos males. Ele nos introduz em sua vila de Cumes*, junto à qual já haviam ocorrido as *Conversações acadêmicas*.

Torquatus e Triarius – um epicurista, o outro estoico – foram vê-lo em Cumes. A conversa recai inicialmente sobre as letras, que ambos amavam com paixão. "Torquatus me diz em seguida: já que nós estamos aqui por lazer, é preciso que eu saiba de vós por que não aprovais Epicuro, esse homem que eu creio ter sido o único a ter visto a verdade." Por meio dessas palavras, Cícero quer nos mostrar a confiança

---

2. *De finibus*, I, I-V.
* Cidade da região da Campânia, na Itália. (N. T.)

ordinária com a qual os epicuristas afirmavam a doutrina de seu mestre, abordando as discussões com segurança, falando de tudo como se tudo soubessem e acreditando que bastava fazer que o seu sistema fosse conhecido para que fosse adotado. – Porém, responde Cícero, se ele não aprova Epicuro, não é por falta de conhecimento de sua doutrina: ele a aprendeu em Atenas, com Fedro e Zenão. Se ele rejeita o epicurismo é com reflexão e com conhecimento de causa. Ele, então, faz uma crítica provisória de todo o sistema de Epicuro, crítica muitas vezes superficial, por vezes injusta, e não tendo realmente outro objetivo além do de provocar uma resposta de Torquatus: "*Quae dixeram, magis ut illum provocarem quam ut ipse loquerer*".[3]

I | Exposição e crítica provisórias do sistema de Epicuro

Os epicuristas dividiam a filosofia em três partes: a *moral*, que indica ao homem sua finalidade; a *física* ou a *fisiológica*, que serve para confirmar a moral e mostra que não existe, na natureza exterior, nenhum obstáculo que impeça o homem de atingir essa finalidade; em terceiro lugar, a *lógica* ou *canônica*, que, vindo completar a física e a moral, ensina a julgar toda a verdade através do testemunho infalível dos sentidos. A moral indica assim ao homem onde está a

---

3. *De finibus*, I, V.

felicidade; a física remove de alguma maneira todos os obstáculos exteriores que poderiam impedir a realização dessa felicidade; e a lógica, por fim, suprime todos os obstáculos interiores, eliminando o erro e fazendo que todos conheçam a verdade.

Cícero volta-se, primeiramente, para a física, sobre a qual Epicuro gostava de apoiar sua moral. Ele acusa Epicuro de ter tirado a maior parte da sua física de Demócrito – aquilo que os próprios epicuristas estavam longe de negar. Ele acrescenta que a principal modificação que Epicuro fez nela foi a teoria da declinação dos átomos: "pura ficção", da qual ele debocha sem examinar os argumentos engenhosos por meio dos quais os epicuristas a defendiam, e que se acham reproduzidos em Lucrécio[4].

Da física, Cícero passa para aquilo que, para os epicuristas, era o seu complemento necessário: a lógica. A lógica epicurista, segundo ele, é totalmente insuficiente; dizendo melhor, ela consiste na própria supressão da lógica como ciência da razão e do raciocínio. Ela não faz dos sentidos os únicos juízes da verdade?[5]

Por fim, chega a vez da moral epicurista, que mostrava no prazer a única finalidade do homem: aí estava o ponto fundamental do sistema, e a física e a lógica epicuristas tinham apenas um objetivo, o de confirmar – através do co-

---
4. *De finibus*, I, VI.
5. *De finibus*, I, VII, 22.

nhecimento da natureza das coisas e da natureza do pensamento – o conhecimento da natureza do bem, que reside no prazer. Cícero censura a moral epicurista pela sua falta de originalidade: ela é a doutrina de Aristipo alterada. Se Aristipo e Epicuro são unânimes em afirmar que cada um procura e deve procurar apenas o seu prazer, existe uma outra afirmação que o senso comum de todos os homens não hesita em formular: todos procuram e devem procurar um bem superior ao prazer. Com relação a isso, Cícero cita diversos exemplos de desprendimento: incessantemente, os heróis da antiga Roma sacrificaram seu prazer pelo seu dever; também sem cessar, nas menores ações da vida, cada um de nós prefere, aos prazeres grosseiros, os gozos desinteressados do estudo e da ciência[6].

Depois dessa exposição rápida e dessa crítica não menos rápida do sistema epicurista, Cícero detém-se: no fundo, como sabemos, ele não tinha outro objetivo além de provocar a discussão e de transportá-la para um terreno favorável. Se ele ultrapassou a medida das críticas, foi para permitir que Torquatus ultrapassasse a medida dos elogios e para restabelecer assim a verdade por meio de um método de compensação e de contrapeso que lembra muito mais os pleitos do Fórum do que as discussões da Academia e do Liceu.

"Pouco faltou para que apagásseis Epicuro da lista dos filósofos", observa Triarius. "Se vós estiverdes de acordo, diz

---

6. *De finibus*, I, VII, 23, 26.

por sua vez Torquatus, eu teria alguma coisa a vos responder. – Credes vós, pois, replica ele, que eu teria usado essa linguagem se não tivesse vontade de vos ouvir? – Pois então! Vós preferis percorrer comigo toda a doutrina de Epicuro ou falar apenas da volúpia que agora está em questão? – À vossa escolha. – Então, vou me concentrar nesse único objeto, que é da mais alta importância." Assim, a discussão, que parecia querer se estender ao conjunto do sistema epicurista, restringe-se à moral: – Será o prazer o soberano bem, o fim supremo para o qual devem convergir todos os fins secundários e para o qual tendem todas as ações, sem excetuar aquelas mesmas que mais parecem se afastar dele?

II | Exposição e apologia da moral de Epicuro

1º) O prazer é o único fim naturalmente desejado

Os sentidos constituem a verdadeira natureza do homem: porque se, em hipótese, fossem tirados os sentidos do homem, nada restaria nele. Ora, só a natureza pode julgar aquilo que é conforme ou contrário à natureza. Só os sentidos, portanto, devem julgar isso.

Porém, os sentidos levam-nos a buscar o prazer e a fugir da dor. Assim como sentimos que o fogo é quente e que a neve é branca, sentimos imediatamente que o prazer deve ser buscado, que a dor deve ser temida e que todo animal, a partir do momento em que nasce, ama um e odeia a outra.

O prazer está, portanto, em conformidade com a natureza, e a dor é contrária a ela. Ora, aquilo que está em conformidade com a natureza é o bem; e aquilo que lhe é contrário é o mal. Portanto, o prazer é o bem e a dor é o mal. Assim, "basta ter sentidos e carne para que o prazer apareça como o bem"[7].

No homem, segundo Epicuro, mesmo a alma e a inteligência são derivadas da sensação e da carne: para essa inteligência, produto complexo da sensação, o prazer aparecerá ainda como um bem? – Sem dúvida, respondem os epicuristas. A razão, segundo eles, nesse ponto é impotente para corromper o testemunho dos sentidos. Ela não pode conceber outro bem além do prazer, e sob as diversas ideias que ela formula do bem supremo seria sempre possível reencontrar a ideia e a sensação primitivas de prazer. No fundo, como a inteligência – segundo os epicuristas – é o próprio produto da sensação e se acha, por assim dizer, construída com o prazer e a dor, o amor pelo prazer e a aversão pela dor lhe são naturais e inatos: *Hanc quasi naturalem atque insitam in animis nostris inesse notionem, ut alterum esse appetendum, alterum aspernandum sentiamus*[8].

---

7. *De finibus*, I, IX, 29, 31.
8. *De finibus*, I, IX, 31.

Os sentidos e a razão estão, portanto, de acordo: por um lado, os sentidos reconhecem que o prazer é o bem; por outro, a razão não pode conceber outros bens além do prazer. E, assim, pela própria força da natureza, todas as partes de nossa alma tendem igualmente ao prazer como sua finalidade.

2º) O prazer é a única finalidade desejável

O prazer constitui, portanto, um fim naturalmente desejado; mas será verdadeiro que não exista outro fim racional e moralmente desejável? O prazer será realmente um bem, com toda a força dessa palavra, ou, para achar o bem propriamente dito, precisaríamos nos elevar – como queriam os estoicos – acima da esfera do prazer e da dor, das "vantagens" e dos "inconvenientes" sensíveis?

"Ao verem um tão grande número de filósofos sustentar que não é possível colocar o prazer na relação dos *bens* nem a dor na relação dos *males*, alguns epicuristas dizem que, longe de nos acomodarmos sobre a bondade de nossa causa, é necessário procurar novos argumentos e discutir com cuidado sobre o prazer e a dor.[9]"

O que é, portanto, o prazer de que fala Epicuro? É necessário primeiramente aprofundar a sua própria natureza para saber se ele poderá constituir a única finalidade verdadeiramente desejável.

---

9. *De finibus*, I, IX, 31.

Em primeiro lugar, quando Epicuro afirma que o prazer é o soberano bem, não é possível entender-se por isso um determinado prazer particular, mas *o prazer* em toda a generalidade dessa palavra – ou, melhor ainda, a felicidade. Epicuro, com efeito, não se atém à doutrina de Aristipo, que propunha ao homem como bem supremo o prazer do instante presente, admitindo tantos "fins particulares" quantos fossem os prazeres particulares. Epicuro não admitia senão uma única finalidade geral, o prazer da vida por inteiro; e ele complementa, assim, a doutrina da volúpia propriamente dita – a que se havia limitado Aristipo – com uma doutrina da utilidade ou da felicidade. O homem não deve procurar somente um determinado prazer, mas a maior soma de prazeres, constituindo a maior felicidade.

Daí se deduz que o homem pode e deve evitar um determinado prazer particular se esse prazer tem como consequência o sofrimento e, pelo contrário, procurar uma determinada dor se essa dor tem como consequência o prazer.

Por esse princípio, explicam-se todos os sacrifícios e todos os devotamentos relatados pela história, e que fornecem um tão belo campo para a eloquência[10]. Assim, mesmo quando se parece – em um impulso heroico – procurar a dor, aquilo que se procura, na realidade, é o prazer que se seguirá a ela. Aqui, os epicuristas antecipam as engenhosas

---

10. *De finibus*, I, X.

análises de La Rochefoucauld e da escola inglesa, esforçando-se para mostrar que as ações aparentemente mais altruístas escondem dentro delas a perpétua procura do interesse pessoal. – Regra geral: "Não se furte a nenhum prazer, a não ser com o objetivo de obter um prazer maior; não escolha nenhuma dor, senão para evitar dores maiores"[11].

O prazer no qual Epicuro coloca o soberano bem é – como acabamos de ver – o prazer maior, o mais durável possível. Porém, em que espécie de prazer encontraremos a máxima intensidade e duração? Epicuro distingue duas espécies de prazer: a primeira (a única conhecida por Aristipo) é "a volúpia que faz cócegas nos sentidos", e que consiste essencialmente no movimento dos órgãos (εν κινησει). Acima dessa primeira espécie de prazer, existe uma outra: é a volúpia que consiste no repouso (εν στασει, καταστηματικη), na sensação interior da "saúde do corpo e da serenidade da alma". Esse prazer – o mais puro de todos – nasce logo que desaparece a dor. A partir do momento em que não se sofre mais, goza-se. Não sofrer mais, tal é pois a única condição para o gozo supremo, a única finalidade que nós devemos perseguir[12].

Em suma, o soberano prazer não é outra coisa além da felicidade total da vida, e a própria felicidade se reduz ao repouso, à impassibilidade.

---
11. *De finibus*, I, X, 36.
12. *De finibus*, I, XI.

Agora que nós conhecemos o prazer em sua própria natureza, segundo Epicuro, vamos considerá-lo em suas relações com o desejo.

Em primeiro lugar, não é possível conceber como objeto de desejo uma condição superior a de um homem que não tivesse nenhuma dor, não sentisse nenhum temor e que desfrutasse, ao mesmo tempo, do prazer presente através da sensação, do prazer passado através da memória e do prazer futuro através da esperança. Essa condição é o que existe de mais desejável nesse mundo; ela é, portanto, o soberano bem.

Em segundo lugar, não é possível conceber como objeto de aversão uma condição pior do que a de um homem afligido ao mesmo tempo por todas as dores e por todas as apreensões. Uma tal sorte é aquilo que mais deve ser temido. Ora, aquilo que mais deve ser temido constitui o soberano mal. A dor é, portanto, o soberano mal. Reciprocamente, o prazer nos surgirá novamente como o soberano bem.

Enfim, não é possível, de uma maneira geral, desejar nada nem temer nada que não nos ofereça a imagem do prazer e da dor. Ora, o desejo e o temor são as únicas forças que nos arrancam do repouso. Todos os nossos movimentos e todas as nossas ações estão relacionados, portanto, com o prazer. Mas aquilo com que tudo se relaciona e que não se relaciona com nada é o soberano bem. O prazer é, portanto, o soberano bem[13].

---

13. *De finibus*, I, XII.

3º) As virtudes são simples meios que visam ao prazer

"Quanto às vossas virtudes, tão excelentes e tão belas, quem as consideraria louváveis ou desejáveis se elas não produzissem a volúpia?"

Como a medicina e todas as outras artes, a arte da vida ou a *sabedoria* tem como único objetivo proporcionar o prazer ao homem. Enquanto a ignorância é uma causa de perturbação e de sofrimento, a sabedoria, idêntica à ciência, modera as paixões e faz que elas sirvam ao maior prazer: daí a sua utilidade.

A própria *temperança*, essa virtude essencial na doutrina epicurista, não é em absoluto inimiga do prazer. Ela, por vezes, só o modera a fim de aumentá-lo.

Também a *coragem* não pode ter sua razão em si mesma: ela consiste, simplesmente, em não deixar que o seu prazer interior seja perturbado por nenhuma inquietude e nenhum temor vindo do exterior.

A mesma coisa, por fim, vale para a *justiça*. Os homens justos só são assim por interesse; 1º) porque eles temem a perturbação interna que a injustiça, apenas pela sua presença (*hoc ipso, quod adest*), produz na alma; 2º) porque eles temem as consequências que decorrem da injustiça; e porque eles não querem incorrer nos castigos sociais mas, pelo contrário, obter a estima e o louvor. Só a justiça dá o repouso; só o repouso dá a felicidade.

Assim, as virtudes só aparecem, com relação ao prazer, como simples meios; aquilo que nos atrai e nos chama, enquanto acreditamos estar sendo atraídos pela virtude, é a volúpia que está ligada a ela. A virtude, esse pretenso soberano bem, deve, portanto, ceder seu lugar ao prazer. E, desse novo ponto de vista, o prazer ainda se nos apresenta como o fim único e supremo[14].

Toda virtude moral tira, assim, seu valor do prazer. Mais do que isso, todo prazer moral ou intelectual se origina do prazer corporal. "A alegria e o sofrimento do espírito provêm do corpo, e é com o corpo que eles se relacionam."

Não se segue daí, aliás, que os prazeres do corpo, por serem primitivos, sejam preferíveis. Com efeito, os prazeres do corpo estão limitados ao presente; os da alma abrangem o passado e o futuro. Eles são, portanto, maiores e devem ser buscados preferencialmente. Pelos sofrimentos da alma, o insensato não pode deixar de ser infeliz; pelos prazeres da alma, o sábio não pode deixar de ser feliz[15].

4º) O prazer da vida ou a felicidade, fim desejado e desejável, não pode ser obtido senão por intermédio da doutrina epicurista

"Ó caminho da felicidade fácil, direto, aberto a todos! Se a sorte mais desejável é viver sem dor e sem pesar, e desfrutar

---

14. *De finibus*, I, XII-XVII.
15. *De finibus*, I, XVII.

dos maiores prazeres do corpo e do espírito, será possível dizer que tenhamos esquecido aqui de alguma coisa que possa tornar a vida agradável e conduzir ao soberano o bem que nós buscamos[16]?"

O primeiro meio, o meio infalível para obter a felicidade, é a virtude. A virtude, embora não sendo a própria felicidade, é – no entanto – inseparável dela.

Assim, a ciência ou *sabedoria* do epicurista tem apenas um objetivo, que é o de assegurar a sua felicidade por meio da prática de diversas virtudes.

Em primeiro lugar, o sábio moderará todos os seus desejos, suprimindo todos aqueles que nascem de uma vã opinião (κενοδοξια) e dedicando-se a satisfazer apenas os desejos naturais (*temperança*).

Em segundo lugar, ele removerá de sua alma todo o temor: temor do futuro, da morte, dos deuses. "O sábio recorda-se com prazer das coisas passadas; ele goza das volúpias presentes e mede, através da reflexão, sua quantidade e sua qualidade. Ele não está como que paralisado pelas coisas futuras, mas espera por elas." (Eis a virtude da *coragem*.)

O epicurista rejeita com desdém tudo aquilo que não pode servir para aumentar seu conhecimento e sua sabedoria prática – e, através disso, aumentar sua temperança e fortalecer sua coragem. É por isso que Epicuro não quer

---

16. *De finibus*, I, XVIII.

a dialética ou lógica, estudo árido, no qual se esgotam os acadêmicos e os estoicos. A física lhe basta, enquanto ela serve para confirmar a moral do prazer através de induções extraídas da natureza das coisas. É, por essa regra, "que parece caída do céu", que ele formula assim: – Os sentidos são os únicos juízes do bem e do verdadeiro[17].

Com relação aos seus semelhantes, o sábio não se contentará em praticar a estrita *justiça*: ele travará com eles essa ampla *amizade* da qual Epicuro foi o primeiro a dar o exemplo. Com efeito, "de tudo aquilo que a sabedoria pode adquirir para tornar a vida feliz, a amizade é o que existe de mais excelente, de mais fecundo e de mais vantajoso". Porém, dirão, em uma doutrina que reduz tudo ao interesse pessoal, como explicar a amizade?

Existem três teorias epicuristas sobre a origem da amizade:

a) *Teoria de Epicuro*. A amizade é interesseira. Nós nos ligamos a outrem, em primeiro lugar, pelo prazer imediato que resulta da amizade e, em seguida, pela utilidade futura que resultará disso. Mas nós só podemos conservar a amizade se agirmos, com relação ao nosso amigo, como se o fizéssemos com um outro eu. E, assim, a amizade, embora no fundo interesseira, é levada – para subsistir – a assumir todas as aparências do desprendimento.

---

17. *De finibus*, I, XVIII-XIX.

b) *Teoria dos epicuristas romanos*. O interesse dá início às relações de amizade e, no começo, nós só gostamos de nossos amigos por nós mesmos; porém, com o tempo, o hábito nos liga a eles como nos liga aos cães, aos cavalos ou mesmo aos lugares que frequentamos, e ele consegue assim fazer que gostemos deles por eles mesmos.

c) *Teoria de outros epicuristas*. Constitui-se entre os amigos uma espécie de pacto tácito pelo qual eles se comprometem a amar um ao outro não menos do que cada um deles ama a si próprio[18].

Assim, nem mesmo a amizade faltará ao sábio epicurista para completar sua felicidade. A procura do prazer, que aproxima os homens da virtude, também os aproximará uns dos outros. Não somente o interesse pessoal explica a amizade mas, sem o interesse, como explicá-la? O prazer mútuo é a única coisa capaz de ligar os homens entre si.

"Se os princípios que eu acabo de desenvolver são mais claros e mais luminosos que o próprio sol, se eles foram buscados na fonte da natureza, se eles são confirmados pelo testemunho infalível dos sentidos; se as crianças, e se os próprios animais – cujo julgamento não pode ser corrompido nem alterado –, nos clamam, através da voz da natureza, que nada pode tornar feliz a não ser a volúpia e que nada pode

---

18. *De finibus*, I, XX.

tornar infeliz a não ser a dor, quantas ações de graças não devemos aquele que, tendo escutado essa voz, compreendeu tão bem tudo o que ela quis dizer e pôs todos os sábios no caminho de uma vida feliz e tranquila[19]?"

III | Crítica da moral epicurista

1º) Teoria epicurista do prazer

O SOBERANO AGRADÁVEL

No segundo livro, Cícero toma a palavra para refutar a moral epicurista. Ele tenta inicialmente entabular com Torquatus, o defensor de Epicuro, uma discussão dentro das regras. Porém, logo depois, abandonando o diálogo – no qual, sem dúvida, não se sente à vontade –, ele fará um discurso contínuo, uma espécie de requisitório contra o epicurismo.

"Em qualquer discussão regrada e metódica", diz Cícero, "aqueles que estão debatendo devem, primeiramente – a exemplo dos jurisconsultos, que determinam o ponto a ser julgado –, estabelecer claramente em que pé está a questão[20]." E, dirigindo-se a Torquatus: "Já que vós não odiais as definições, eu desejaria – se fosse do vosso agrado – que vós quisésseis também definir o que é a volúpia de que estamos falando[21]".

---

19. *De finibus*, I, XXI.
20. *De finibus*, II, I, 3.
21. *De finibus*, II, II, 5.

Torquatus, assim intimado a definir o prazer, não pode fazê-lo. É porque, segundo Cícero, reina na doutrina epicurista uma perpétua ambiguidade com relação à verdadeira essência do prazer. Aristipo apresentava como soberano bem a volúpia e Hierônimo, a ausência de dor: Epicuro confunde essas duas ideias. No entanto, é impossível identificá-las realmente. A ausência de dor não é o prazer, diga Epicuro o que disser. É um estado intermediário entre o prazer e a dor. A existência de um tal estado parece evidente para o senso comum.

Epicuro, admitindo ao mesmo tempo como finalidade o prazer e a ausência de dor, deve ter admitido ao mesmo tempo dois soberanos bens, ou pelo menos tentado reduzir à unidade duas ideias bastante distintas.

Aliás, sem querer, o próprio Epicuro muitas vezes separa de fato essas duas ideias. Em algumas de suas máximas, não é da ausência de dor, e sim da volúpia propriamente dita, que ele ousa fazer a apologia. Sua doutrina não releva as volúpias sensuais? Se Epicuro censura os voluptuosos grosseiros, ele não poderia deixar de aprovar os voluptuosos delicados. Desse modo, ele está em contradição consigo mesmo e com o senso moral.

Existe uma coisa mais agradável que a própria volúpia de Epicuro: é a temperança e a sabedoria[22].

---

22. *De finibus*, II, II-IX.

2º) Teoria epicurista dos desejos

O SOBERANO DESEJÁVEL

Se Epicuro erra e se contradiz naquilo que concerne à natureza do prazer, ele não se engana menos com relação à natureza e ao objeto do desejo.

a) *O desejo e a paixão, confundidos por Epicuro*

Os estoicos admitiam dois gêneros de desejos bem distintos: o desejo passional, no qual a razão não tem nenhuma participação (επιθυμια), e o desejo natural (ορεξις), que nasce de uma necessidade da natureza compreendida pela razão. Epicuro, reduzindo a própria razão aos sentidos, achava a origem de todo desejo na sensação; a επιθυμια não era para ele, portanto, distinta da ορεξις, e a sabedoria não podia consistir em suprimir a paixão, mas em regulá-la.

Cícero responde, como os estoicos, que, como o vício consiste no irracional, a paixão, que é essencialmente irracional, é essencialmente viciosa. A virtude, se ela consiste apenas em moderar a paixão, consistirá, portanto, apenas em moderar o vício! "A avareza terá sua medida, o adultério terá sua medida, o deboche terá sua medida! Que filosofia é essa, que não se ocupa em destruir o vício, mas apenas em regulá-lo![23]"

---

23. *De finibus*, II, IX.

b) *A ausência de dor não é um objeto de desejo*

Segundo Epicuro, o supremo desejável é o prazer do repouso que, em última análise, se reduz à ausência de dor.

Porém, como um estado puramente negativo, tal como a ausência de dor, poderia despertar o desejo? É evidente que nem as crianças nem os animais – cujo exemplo Epicuro gosta de invocar – procuram, em seus primeiros desejos, a ausência de dor. – Não, direis vós, eles procuram e desejam o prazer propriamente dito, o prazer do movimento. Mas, então, vós vos contradizeis. Vós perguntais à natureza qual é a finalidade primitivamente desejada por ela, para fazer disso o vosso soberano bem; ela vos responde que é o prazer sob a sua forma mais visível, o prazer do movimento, e vós colocais em seguida o soberano bem na ausência de dor! Vós estabeleceis, assim, uma completa oposição entre aquilo que é soberanamente desejável e aquilo que é naturalmente desejado[24].

c) *O próprio prazer não é o objeto primitivo do desejo*

Por fim, resta ainda saber se aquilo que a natureza procura e deseja em primeiro lugar é, como afirmam Epicuro e Aristipo, o prazer.

Antes de ter sentido o prazer, para o que tende a atividade espontânea de todos os seres? Não é simplesmente para

---

24. *De finibus*, II, X.

perseverar no ser? Buscando desse modo conservar nosso ser e afastar as causas de destruição, nós encontramos o prazer; mas não o perseguimos em primeiro lugar. O verdadeiro objeto do desejo, a verdadeira finalidade dos seres, é se conservar, conservar sua natureza, viver em conformidade com a sua natureza.

3º) Teoria da virtude. O soberano bem

Em última análise, toda a teoria de Epicuro – que, até aqui, praticamente só foi examinada em suas premissas – se fundamenta no seguinte princípio fundamental: os sentidos são os únicos juízes do bem e do mal, e aquilo que eles reconhecem como o soberano agradável, e aquilo que eles procuram como o soberano desejável, é também o soberano bem.

Porém, declarar assim os sentidos como juízes do bem e do mal é atribuir-lhes mais autoridade do que a que eles têm. Se cabe aos sentidos julgarem o doce e o amargo ou o liso e o áspero, o bem e o mal estão fora da sua competência. Só a razão, aqui, pode se pronunciar. Ora, ela tem a ideia de um bem superior ao prazer: a honestidade[25].

Mudando, então, bruscamente de ponto de vista, Cícero – que, até esse momento, praticamente só havia criticado a interpretação apresentada por Epicuro sobre o "julgamento dos sentidos" – eleva-se acima do próprio sistema

---
25. *De finibus*, II, XII.

de Epicuro e, em nome da razão, rejeita qualquer doutrina que altere a ideia da honestidade.

1º) É necessário suprimir da filosofia qualquer opinião que, como as de Aristipo, de Hierônimo e de Carnéades, suprima a honestidade do soberano bem. O homem, deus mortal, nasceu para outra coisa além das volúpias bestiais.

2º) É preciso rejeitar também as doutrinas que, como as de Califon e de Diodoro, juntam a honestidade ao prazer – que ela despreza – ou à ausência de dor, que não é um bem.

3º) É preciso rejeitar, por fim, os sistemas que, tais como os de Pirro, de Ariston ou de Herilo, não dão a menor importância às nossas tendências naturais, não podendo deduzir de sua ideia do soberano bem nenhuma regra prática de conduta.

Com todas as outras doutrinas descartadas, Cícero volta-se para a de Epicuro. "Tem início o debate entre a volúpia e a virtude[26]."

É necessário, primeiramente, definir a ideia de honesto, a fim de opô-la – em sua realidade e sua verdade – às noções inferiores. Honesto é aquilo que merece ser estimado por si mesmo, independentemente de qualquer considera-

---

26. *De finibus*, II, XIII.

ção de utilidade. As virtudes – sabedoria, justiça, coragem, temperança – são deduzidas da honestidade, e nada mais são do que os seus diversos gêneros[27].

Pelo contrário, segundo Epicuro, ou o honesto não é nada ou é simplesmente aquilo que é louvado pela multidão. Só se procura o que é honesto visando ao prazer do louvor e, tal como a própria honestidade, todas as virtudes se reduzem a esta única finalidade: o prazer[28].

Para refutar Epicuro, é preciso examinar as diversas virtudes no seu princípio e na sua finalidade.

E, em primeiro lugar, a sabedoria não tem a sua finalidade em si mesma? E não é por ela mesma que a amamos, e não porque ela é operária da volúpia? "Que ardentes amores ela despertaria", dizia Platão, "se se tornasse visível![29]"

Quanto à justiça, ela não tem como princípio a opinião dos homens – como sustenta Epicuro –, mas a natureza das coisas. Ela não tem como finalidade o amor ao prazer ou o temor aos castigos. Se fosse assim, a justiça não mais existiria para aqueles que, ao cometerem o crime, sabem evitar o castigo. Assim fez Sextílius Rufus que, legalmente injusto e necessariamente impune, despojou sua pupila de sua herança. E mesmo que o injusto encontrasse o castigo, Epicuro

---

27. *De finibus*, II, XIV.
28. *De finibus*, II, XV.
29. *De finibus*, II, XVI.

também saberia ensinar-lhe a desprezá-lo, como se deve desprezar qualquer dor. O que dizer, aliás, daqueles que, pelo seu poder, estão colocados acima da sanção, como Crassus*? Que dizer, enfim, daqueles que, em determinadas circunstâncias, podem cometer a injustiça sem que ninguém tome conhecimento disso? Injustiça hábil, injustiça poderosa e injustiça oculta serão, portanto, justiça para o epicurista, que só reconhece a ação injusta pelo castigo que a acompanha[30].

A temperança, tal como a justiça, tem um valor próprio e independente de suas consequências sensíveis. Existem algumas coisas que são por si só vergonhosas, mesmo que elas permaneçam secretas e impunes.

Do mesmo modo, existem alguns atos de coragem que não podem ser realizados visando ao prazer ou à utilidade. Assim foram os sacrifícios** dos Décios[31].

O tipo consumado da virtude epicurista é esse Thorius Balbus de Lanuvium, que nada tinha de supersticioso, não tinha nenhum temor da morte e sabia saciar todos os seus desejos – rico, aliás, e cheio de saúde. No entanto, acima

---

* Marcus Licinius Crassus (115-53 a. C.). Tão rico quanto ganancioso e explorador, foi um dos triúnviros, juntamente com Pompeu e Júlio César. (N. T.)
30. *De finibus*, II, XVI-XIX.
** Segundo a lenda, os "Décios" foram três cidadãos romanos de uma mesma família – pai, filho e neto – que, em diferentes situações de perigo, se sacrificaram espontaneamente aos deuses infernais, a fim de garantir a vitória do exército romano. (N. T.)
31. *De finibus*, II, XIX.

dessa pretensa virtude do epicurismo – que ele realizava em sua conduta –, quem não se sente capaz de alimentar a ideia superior da virtude verdadeira? A sorte de Thorius Balbus bebendo em um leito de rosas era menos desejável que a de Regulus* morrendo em Cartago pela honra de sua pátria³².

Não somente a pretensa virtude de Epicuro não é a virtude real, mas ela está em completa oposição com a virtude real, e é necessário que os epicuristas condenem as ações puramente altruístas ou abandonem sua doutrina. Alternativa vergonhosa à qual se acha reduzido o sistema epicurista, de negar a si próprio ou de negar a virtude. A imagem fiel da doutrina epicurista seria o quadro de Cleanto, que mostrava a seus espectadores a volúpia sentada em um trono e tendo em torno dela as virtudes como servidoras. Em vão, Epicuro quer tornar inseparáveis a volúpia e as virtudes: ele não pode ter êxito. As virtudes, ao se tornarem servas da volúpia, não são mais virtudes. Subordinar a honestidade ao prazer é destruir a própria honestidade³³.

No fundo, a virtude epicurista tem como princípio oculto o vício da hipocrisia. Com efeito, Epicuro só vê na

---

* Cônsul romano. Aprisionado pelos cartagineses, Regulus recebeu permissão para ir a Roma, a fim de discutir uma troca de prisioneiros. Ele não só convenceu o senado a não fazer a troca, como – abandonando sua família e seus amigos – cumpriu sua palavra e voltou a Cartago para ser executado. (N. T.)

32. *De finibus*, II, XX.
33. *De finibus*, II, XXI.

virtude as suas vantagens exteriores. Ora, essas vantagens sempre subsistem quando, em vez de sermos virtuosos, nos contentamos em parecer sê-lo. Epicuro, portanto, só tem direito de aconselhar aos seus adeptos a aparência da virtude. "É preciso se dedicar", dizia Sócrates, "não a ter a aparência de um homem de bem, mas a sê-lo." "É preciso se dedicar", dirá Epicuro, "não a ser um homem de bem, mas a ter a aparência de sê-lo." Do ponto de vista utilitário, com efeito, a hipocrisia e a virtude confundem-se absolutamente – ou antes é a primeira que leva toda a vantagem, porque ela custa menos e rende a mesma coisa.

Cícero vai ainda mais longe e afirma que toda a doutrina epicurista se fundamenta na hipocrisia. Seus defensores só ousam mostrar uma parte dela; eles escondem cuidadosamente uma outra. Torquatus ousaria reconhecer publicamente que nunca se age senão por interesse? Incessantemente os epicuristas têm na boca as palavras "equidade", "dever", "probidade" e "honestidade". "Quando falais assim nos tribunais e no senado, nós vos admiramos, imbecis que somos, e vós ríeis disso por dentro, porque, em tudo isso, não há uma palavra de volúpia[34]!"

O epicurista, incapaz da verdadeira virtude, não será menos incapaz da verdadeira amizade. Nas relações do ho-

---

34. *De finibus*, II, XXII-XXIII.

mem com seus semelhantes, assim como em suas relações com o bem moral, a impotência da doutrina epicurista se fará igualmente sentir.

Que lugar, efetivamente, restaria para a amizade? A amizade verdadeira pressupõe que se ame os outros por eles próprios, e não por si. Se o interesse pessoal é o único elo da amizade, um interesse maior a romperá. É verdade que Epicuro e seus discípulos não cessam de louvar e de praticar a amizade; mas essa contradição prática poderia desculpar e justificar sua doutrina moral[35]?

Como vimos, os epicuristas dividem-se com relação à amizade, e a teoria de Epicuro deu lugar a três teorias principais, que é preciso examinar sucessivamente.

a) *Teoria própria de Epicuro* – Ama-se os seus amigos por si mesmo. – Ela é refutada pelos argumentos precedentes.

b) *Teoria dos epicuristas romanos* – Acaba-se por amar os seus amigos por eles próprios. – Trata-se de uma inconsequência no sistema de Epicuro.

c) *Teoria de outros epicuristas* – A amizade nasce de uma espécie de pacto tácito pelo qual os amigos se comprometem a um altruísmo mútuo. – Essa teoria, colocando sempre o fundamento da amizade no interesse, faz que, com a variação do interesse, cesse a amizade e o pacto seja rompido.

---

35. *De finibus*, II, XXIV-XXV.

Em suma, as três doutrinas epicuristas culminam no mesmo resultado: elas negam igualmente a verdadeira amizade. O amor do epicurista só pode se endereçar – nos outros seres, assim como na própria virtude – ao que existe de mais exterior, de mais indigno do amor. "É preciso que seja eu mesmo que vós ameis, e não aquilo que está em mim, para que nós possamos ser verdadeiros amigos[36]!"

4º) Teoria epicurista da felicidade

Toda a doutrina de Epicuro só tem, no fundo, um objetivo: dar ao homem a felicidade. Será que ela atinge esse objetivo?

A verdadeira felicidade é aquela que depende somente de nós. Epicuro coloca a felicidade na volúpia, faz que ela dependa das coisas exteriores; ele lhe tira, assim, o seu caráter essencial: a independência. – Porém, dirá Epicuro, aquilo que não depende do sábio é a duração do prazer: ora, a duração não representa nada para a felicidade. A felicidade, em si mesma, não é diminuída porque sua duração é limitada. – Mas como!, responde Cícero, a duração não aumenta a dor? Ela aumentará, portanto, o prazer; o prazer não é, pois, independente dela. O que faz a superioridade da felicidade dos deuses sobre a dos homens é sua eternidade. Existe apenas uma coisa superior ao tempo, e que nada lhe deve do seu valor: é a virtude.

---

36. *De finibus*, II, XXVI.

Epicuro, é verdade, esforça-se de alguma maneira para pôr a felicidade ao alcance de todos. Segundo ele, o sábio é sempre bastante rico com os bens da natureza. O prazer não depende necessariamente dos objetos que o fazem nascer, e "é possível sentir prazer tanto com as coisas mais vis quanto com as coisas mais preciosas"[37]. – Isto é, responde Cícero, "carecer não somente de juízo, mas de gosto". É possível, sem dúvida, desdenhar o prazer; mas somente elevando-se, através da razão, acima dos sentidos, e os epicuristas não podem fazê-lo. Aliás, mesmo que o epicurista desfrutasse facilmente dos maiores prazeres, ele não teria sempre que temer a dor, ou seja, o maior dos males? Se a felicidade consiste apenas – como disse Metrodoro – "na sensação e na esperança do bom estado da carne", a dor ou somente o temor da dor bastará para destruí-la[38].

Os epicuristas invocarão contra a dor os remédios que lhes fornece seu mestre. "Se a dor é forte, ela é breve, diz Epicuro; se é longa, é leve." – Afirmações gratuitas, que alguns fatos bastam para destruir. Diga Epicuro o que disser, não existe senão um remédio contra a dor, e é aquele mesmo que a sua doutrina o proíbe de usar: é a grandeza de alma e a coragem moral[39]. Infiel à sua própria doutrina, Epicuro não soube permanecer constante no sofrimento, tranquilo e

---

37. *De finibus*, II, XXVIII, § 91.
38. *De finibus*, II, XXVIII, § 92.
39. *De finibus*, II, XXVIII-XXIX.

cheio de uma alegria plenamente moral, em meio aos sofrimentos físicos mais cruéis? É pelo menos o que ele atesta na última carta que escreveu antes de morrer. Ali, ele contradiz a si próprio[40].

O sábio epicurista, impotente para aliviar a dor presente, será mais capaz de esquecer a dor passada, para conservar em sua alma apenas a lembrança e a esperança do prazer? Como nos recordamos, Epicuro fazia que uma grande parcela da felicidade consistisse nesse esquecimento dos sofrimentos e nessa memória perpetuamente renovada dos prazeres. – Porém, nem a memória nem o esquecimento dependem de nós. Aliás, mesmo que eles dependessem de nós, a memória das volúpias puramente corporais poderia nos causar uma nova volúpia? Longe disso, os gozos físicos deixam quase sempre, atrás de si, alguma coisa amarga[41].

Se a memória nos surge como impotente para evocar o prazer que já tenha passado, o mesmo fato mostra a insuficiência dessa teoria de Epicuro, segundo a qual os prazeres intelectuais ou morais seriam apenas a lembrança e a esperança dos prazeres físicos. – Se fosse assim, como os prazeres do espírito, derivados dos do corpo, poderiam – como admite o próprio Epicuro – ser superiores a eles em intensidade? O gozo da alma só leva vantagem sobre o dos sentidos por-

---

40. *De finibus*, II, XXX-XXXI.
41. *De finibus*, II, XXXII.

que não nasce deles. – Aliás, a alma seria impotente para extrair imediatamente de si própria os seus prazeres, sem ter de tomá-los emprestados dos seus órgãos? Os sofrimentos e os prazeres morais nascem da relação direta entre o pensamento e seu objeto, e não há necessidade, para explicar o prazer ou o sofrimento, de introduzir entre o pensamento e os objetos do pensamento um meio-termo: o corpo.

Conclusão

Nas últimas páginas, o pensamento de Cícero eleva-se: depois dessa crítica renitente da doutrina de Epicuro – crítica quase sempre justa, por vezes estreita –, parece que ele quer julgá-la de uma altura maior, chegar a uma visão de conjunto sobre todo o sistema.

Se a volúpia é a finalidade do homem, o que distinguirá, pois, o homem das bestas? O homem, sem a virtude, recai na condição de animal, e talvez abaixo dela.

Se a volúpia é a finalidade do homem, ela será o termo onde devem ser interrompidos os seus esforços. Porém, sentimos em nós uma potência incapaz de limitar-se a um tal objetivo, desproporcional a uma tal finalidade, e que só a atinge para ultrapassá-la.

O aspecto característico da doutrina de Epicuro é que ela não percebeu em nós a parcela mais elevada de nós mesmos: a razão. Assim, não é à razão que ela se dirige, e não é para a razão que ela propõe um fim que seja digno dela. Ela viu apenas a parcela inferior de nós mesmos, que compartilhamos com as bestas: daí provém, sem dúvida, o fato de que, em vez da felicidade dos deuses, ela deseja fazer que a nossa finalidade seja o prazer das bestas.

Acima de uma tal finalidade – diga Epicuro o que disser – nosso pensamento concebe uma outra finalidade melhor e mais digna de nós. E como o pensamento do homem a concebe, sua vontade deve escolhê-la, realizá-la nas suas ações[42].

Cícero parece ter compreendido que, em toda essa discussão sobre os princípios da moral, se chega logicamente a uma espécie de alternativa que só o agente moral pode resolver. É preciso escolher, dentre os diversos fins propostos pelos moralistas, aquele que pareça o mais digno de si: escolha inevitável que todo indivíduo deve fazer, e que só ele pode fazer.

Entre o homem que degrada a si mesmo através da doutrina do prazer e o homem que trabalha pela vontade de elevar a si mesmo e de elevar os outros; entre esse ser pouco distinto do animal, que Epicuro imagina, e esse ser feito para se tornar um deus, e que os estoicos representavam pela grande figura de Hércules; entre esses dois tipos tão diversos concebidos pela razão humana, é necessário escolher, e é preciso que a vontade moral faça livremente essa escolha.

---

42. *De finibus*, II, XXXIV-XXXV.

"Não espere isso mais do que de ti mesmo"[43], diz profundamente Cícero a Torquatus. Que cada um, com efeito, fixe para si próprio a finalidade que acreditar ser digno de perseguir; que cada um se considere de acordo com o seu valor[44]. É preciso ver por si próprio se se quer, em sua própria alma, rebaixar a humanidade abaixo do prazer, ou elevá-la acima dele, dando-lhe como fim a moralidade[45].

---

43. *De finibus*, II, XXXV, § 118: "*Quod jam a me exspectare noli*".
44. *De finibus*, II, XXXV, § 118: "*Tute introspice in mentem tuam ipse... percontare ipse te*".
45. Conferir a exposição e a crítica do sistema epicurista em nossa *História da moral utilitária*.